Les Ombres des Mohicans

Philippe Lacoche

Les Ombres des Mohicans

Roman

éditions du
ROCHER

Éditions du Rocher
28 rue Comte-Félix-Gastaldi – BP 521 – 98015 Monaco

www.editionsdurocher.fr

ISBN : 978-2-268-10911-4
EAN Epub : 9782268109220

Avertissement

Ce roman contrapontique[1] est un vrai roman, une pure fiction, même si, parfois, certains personnages (Brian, en particulier) peuvent emprunter une partie du vécu de personnes ayant existé.

1. À l'image du contrepoint qui superpose des lignes mélodiques distinctes, le roman contrapontique superpose des histoires distinctes.

I

Faudrait-il une loupe ? Des jumelles, plutôt, pour mieux distinguer ces ombres lointaines qui se meuvent dans la touffeur d'une soirée humide. Nous sommes le samedi 30 septembre 2000, dans un petit village de la Drôme. C'est la fête des vendanges. Ils sont là une vingtaine de femmes et d'hommes. La plupart ont participé à la cueillette des grappes jaune or et cuivrées du muscat blanc à petits grains, et de la clairette. Ils sont rassemblés autour d'un brasero sur lequel grillent saucisses, merguez et côtes d'agneau. Parmi eux : Brian. Il est beau, cheveux blonds mi-longs, lèvres épaisses. Sensuelles. Il ressemble à Brian Jones, le regretté guitariste et multi-instrumentiste des Rolling Stones – d'où son surnom. Brian est contraint de parler fort pour se faire entendre car les autres, certainement un peu plus ivres que lui, hurlent plus qu'ils ne parlent. La clairette de Die coule à flots ; un vin blanc, très pâle, sans nom, aussi. L'ambiance est bonne, c'est indéniable. On rit ; on se touche ; on s'embrasse ; on fraternise. On se souvient des anecdotes qui ont émaillé ces vendanges de l'année 2000. Robert, le patron, est un haut gaillard à la peau brune et plus tannée que la selle du cheval du hussard Angelo Pardi. Il est calme, pondéré, bienveillant ; il veille sur ses vendangeurs comme un border collie sur son troupeau de brebis au sud de l'Écosse. Il n'a presque rien bu, trois ou quatre verres de clairette. Rien de plus. Mauricette, sa femme, une rousse gironde, la quarantaine, doit en être, elle, à son septième verre. Ses yeux brillent dans la nuit comme ceux d'une chatte au printemps. Elle regarde les hommes avec insistance, les dévisage, leur sourit. Robert le sait ; il n'est pas jaloux. Elle est si belle, si appétissante ; il est si vieux. Presque vingt ans les séparent. Il sait que ce soir, il dormira seul dans le grand lit de leur chambre. Elle reviendra au petit matin, décoiffée, les joues rosies, égratignées par de jeunes barbes. Il sait aussi qu'un jour, elle ne reviendra plus. Il s'y attend ; c'est inéluctable. Comme la mort. C'est aussi pour ça qu'il ne dit rien. Il l'aime tellement sa Mauricette, aussi belle que Marlène Jobert concupiscée par le regard de René Clément et caressée par la plume de Sébastien Japrisot dans *Le Passager de la pluie*. « C'est beau, une jeune femme libre, même quand elle ne vous aime plus… », songe Robert en remettant du charbon de bois dans le brasero. Depuis cinq minutes, Mauricette fixe Brian. Elle le trouve à son goût, cet homme élégant qui s'est certainement habillé pour la fête : chemise légère de coton blanc (dans la poche, un paquet de Gauloises bleues recouvre son sein gauche ; elle l'aperçoit à travers l'étoffe), pantalon rouge cinabre retenu par un ceinturon en cuir à boucle, mocassins en daim sombres. Elle hésite à s'avancer pour lui parler. Elle n'a plus de cigarettes, il suffirait qu'elle lui en demande une. La conversation serait lancée. Non, elle hésite ; elle ne sait pas pourquoi, elle d'habitude si audacieuse, si peu farouche. À distance, elle sent que l'aura de ce garçon dégage quelque chose à la fois de fascinant et de fragile. Si fragile. Elle ressent l'impression qu'il se sauverait si elle l'approchait de trop près. Elle l'observe de loin, comme un chasseur contemple sa proie. Justement, le voilà qui s'éloigne du groupe pour se diriger vers un appentis où il a garé sa mobylette bleue, une Motobécane AV88 à l'ancienne, mais version haut de gamme avec son compteur kilométrique, son klaxon et son accroche-casque. Le cœur de Mauricette se met à battre. « Et s'il partait? », s'interroge-t-elle, anxieuse. Elle regrette déjà de ne pas être allée l'aborder, lui demander une cigarette. « Décidément, ce mec me plaît », se dit-elle encore. Va-t-il enfourcher son engin et repartir vers son destin, vers cette montagne où elle sait qu'il réside? (Son mari le lui avait fait savoir au détour d'une conversation.) Si c'est le cas, elle ne le reverra plus jamais. Elle meurt d'envie de courir derrière lui, de le supplier de ne pas partir.

Brian arrive sous l'appentis, se penche sur sa mobylette, se retient de l'embrasser (il l'adore, la vénère comme une femme, comme une maîtresse; elle est, pour lui, le symbole de cette liberté absolue après laquelle il court depuis qu'il est arrivé sur terre), fouille dans la sacoche noire de droite, en sort un briquet, allume une cigarette avec le calme rassérénant de l'homme qui n'a pas trop bu, perdu au milieu d'un troupeau d'ivrognes. D'un pas lent, bien assuré, il revient vers le groupe agglutiné autour du brasero. Le cœur de Mauricette ralentit; elle soupire. Se rend compte qu'une légère transpiration est apparue sous ses aisselles et sur le haut de ses cuisses piquetées de taches de rousseur. Elle met ça sur le compte de la chaleur ; c'est vrai qu'il fait chaud. Terriblement chaud. Encore plus autour du brasero. Elle sait bien qu'elle se ment. Pourquoi se mentirait-elle, au fond ? Elle sait aussi que Robert ne lui dira rien. Oui, cet homme lui fait de l'effet. Elle s'avance vers lui.

— Bonsoir, vous n'auriez pas une cigarette, s'il vous plaît ?

Elle a un peu la voix de Simone Signoret dans *Casque d'Or*.

Il la regarde, la trouve jolie. (Comment ne pas la trouver jolie, Mauricette ?) Il lui répond par un sourire pâle ; il a compris qu'elle était l'épouse du patron. Brian ne veut pas d'ennuis. Il sort une gauloise de son paquet, la lui tend.

— Je n'ai pas de feu non plus.

Elle attrape la cigarette, la place entre ses lèvres épaisses d'adorable petite garce. Il la lui allume. Leurs mains se frôlent. La flamme éclaire son visage et sa crinière de feu. « Bon Dieu, qu'elle est belle ! soupire-t-il. Dommage que ce soit la femme du boss !... » Mais il n'en laisse rien paraître.

Elle lui demande si les vendanges se sont bien passées.

— Mon mari ne vous a pas trop mis la pression ?

Brian hésite; il dirait bien qu'il n'a jamais rencontré employeur aussi doux, compréhensif et humain. Il se dit que cela pourrait être interprété comme de la flagornerie.

— Non, rassurez-vous. Au contraire, se contente-t-il de répondre.

— Que voulez-vous dire par « Au contraire » ?

Il hésite encore, observe un long silence. Il la fixe; elle est là, devant lui, ses yeux d'un vert sauge le troublent. Elle le comprend; elle en jouit. L'air est de plus en plus étouffant; on a l'impression que le seul embrasement d'une allumette pourrait conduire à l'explosion de l'atmosphère. Elle sent à nouveau ses aisselles et le haut de ses cuisses s'humidifier.

— Je sais; c'est un homme bon. Si compréhensif... J'ai de la chance... lâche-t-elle, énigmatique.

Autour d'eux, les gens s'agitent, parlent fort. Brian aperçoit Sined Toredid, un écrivain reconnu, auteur d'un court roman remarqué intitulé *Le Cousin de Chopin*, publié l'an passé chez Plon; il lance de grandes bourrades contre les omoplates d'un gringalet de vingt ans, un étudiant de Lyon venu vendanger pour payer sa troisième année d'études de littérature comparée. L'homme de lettres a été envoyé par un grand quotidien du matin et de gauche pour écrire une série d'articles sur les conditions de travail des vendangeurs. Quand il parle, Sined tord sa bouche étroite comme s'il était mécontent ; il n'en est rien pourtant. Il est simplement passionné par ce qu'il raconte. Robert, qui aime lire, n'est pas mécontent d'avoir accueilli dans son équipe de travailleurs saisonniers une plume aussi fine que celle de Sined Toredid. Avec son front haut et ses yeux très noirs un peu trop rapprochés, il ne manque ni d'allure ni de charme. Cela n'avait pas échappé à Mauricette qui, à peine fut-il arrivé, l'entraîna une nuit dans la chambre de l'hôtel du bourg où elle a ses habitudes. Tout en discutant avec Brian, elle ne cesse d'observer Sined ; elle se demande s'il va parler d'elle dans ses articles. Elle se dit qu'elle le mériterait bien car elle a l'impression de ne rien lui avoir refusé. Et les désirs et souhaits du reporter ne manquaient pas de piquant, de singularité. Mais ce soir, c'est Brian qu'elle convoite. Elle le trouve adorable avec sa gueule de voyou fragile ; tout de suite, elle a décelé une fêlure, un zeste de tristesse acidulée dans son sourire. Et sa voix… une voix grave, joyeuse, confiante en l'avenir. Elle parle, parle ; elle veut le retenir. Il lui répond poliment. Gentiment, rien de plus. Pourtant, il la trouve belle, si belle. Mais jamais il n'aurait l'idée de faire de la peine au patron. À son patron, même s'il sait que, peut-être, dans une heure ou deux, il le saluera et plus jamais ne le reverra. Soudain, Mauricette perçoit de grosses gouttes sur ses bras nus. Cette fois, il ne s'agit pas de transpiration mais bien de la pluie. Une pluie lente, tout au début. Un éclair irradie le ciel de suie. La pluie redouble, diluvienne. Des gouttes énormes. Éclairs. Tonnerre. Certains vont se réfugier sous l'appentis – Mauricette et Brian sont parmi eux –, d'autres, ceux qui ont la chance d'en avoir, dans leur voiture. Sined Toredid sort de sa Citroën Berlingo qu'il a louée au nom du quotidien du matin et de gauche ; il se dirige vers Brian qu'il apprécie tout particulièrement. (Il a appris qu'il venait d'une famille ouvrière de Picardie. Pour lui, la Picardie, c'est le Nord ; il a pensé à Émile Zola, aux mines, à *Germinal.*) Brian vient d'embrasser Mauricette du bout des lèvres sur les joues. Il remonte sur son engin.

— Tu ne vas pas repartir sur ta bécane par un temps pareil ? On va la mettre dans le coffre de ma camionnette et je te ramène dans ta montagne. Je dois justement remonter ce soir dans un bled ; c'est sur le trajet. C'est OK ?

— C'est gentil, Sined. Non, ne t'inquiète pas. J'en ai vu d'autres en Afrique ! Je vais passer entre les gouttes, sourit-il.

— Attends au moins que la tempête s'apaise.

— J'ai écouté la météo à la radio ce matin ; il y en a au moins pour quatre heures ! Je file.

Il démarre sa mobylette bleue qui, aussitôt, disparaît dans la nuit noire et poisseuse comme la peau d'une tanche.

A

Sined commande un verre de vin ; Mauricette fait de même. Il l'observe ; il la trouve désirable.

— Viens ! On va se mettre à l'abri, lui dit-il en la tirant par le bras et en l'entraînant sous l'appentis.

Robert les observe de loin ; il se sent envahi par un sentiment de lassitude.

Sined et Mauricette ne cessent de penser à Brian ; pas pour les mêmes raisons. La jeune femme se laisse happer par un désir à la fois diffus et puissant. Étrange. Elle ne fait rien pour le repousser, s'abandonne tandis qu'elle contemple l'averse, insolente, qui dégouline sur le terrain où se déroule la fête de fin des vendanges. La pluie a éteint le brasero ; une fumée grise – comme celle qui s'échappe des fourneaux des marchands de marrons, l'automne, à Paris –, s'envole par lambeaux gras. Quatre ou cinq vendangeurs persistent à rester près du brasero. Mauricette laisse traîner son regard sur eux. Elle hume les odeurs de transpiration mâle qui règnent sous l'auvent ; ça l'excite. Elle sent qu'une chaleur intense envahit son bas-ventre ; elle a envie de faire l'amour. Une envie animale. Avec qui ? Avec Robert, son vieux mari ? Non. Avec Sined ? Peut-être ; ce ne serait pas difficile. Il est toujours disponible et ardent comme un jeune homme. Il suffirait qu'elle le lui demande ; il l'inviterait à monter dans sa Citroën Berlingo. Ils partiraient ; ils n'iraient pas bien loin, à quelques kilomètres ou, même, quelques centaines de mètres dans la campagne avoisinante. Elle hésite à formuler sa demande ; s'abstient.

« D'autant qu'il a l'air soudain contrarié et absent », pense-t-elle.

Elle vient de comprendre ; c'est de Brian qu'elle a envie. Elle a envie de courir à sa rencontre, sous l'averse diluvienne, de hurler comme une chienne. Elle sait bien qu'il est trop tard ; il est reparti dans la tempête sur sa mobylette bleue. Elle regrette de l'avoir laissé filer. Sous sa robe, sa culotte est trempée. Elle sait bien que l'eau du ciel n'y est pour rien. Le désir est trop fort ; il lui fait mal. Elle tente de se calmer en fixant un homme d'une soixantaine d'années, un vieux vendangeur, laid et épais comme un Henri

Beyle à la fin de sa vie. Il la dégoûte ; ce Stendhal du Diois joue le rôle d'un antidote au désir. Le remède trouve un bref effet jusqu'au moment où l'homme se rend compte qu'elle l'observe ; il la fixe à son tour, croit qu'il lui plaît. Subodore une bonne fortune. Lui sourit d'un air salace. Elle sourit à son tour, ne sait plus quoi faire. L'éclat de vice du regard du sexagénaire a remis le feu à ses fantasmes. Elle se tourne vers Sined. Il semble toujours ailleurs. « Mais où ? », se demande-t-elle.

Elle lève le nez vers le ciel sombre. L'averse se calme. « Et s'il revenait ? Et s'il faisait demi-tour ? », songe-t-elle, guettant au loin le moindre bruit, la moindre pétarade de moteur de deux-roues. Mais non, rien ; juste la petite musique douce et molle de l'eau qui dégouline d'une gouttière qui fuit. Elle imagine son retour ; il s'avancerait vers elle. Il lui demanderait de monter sur le porte-bagages de la mobylette et ils partiraient à vive allure sous l'averse, tirant la langue aux éclairs, défiant le tonnerre ; les vendangeurs les regarderaient, ébahis, stupéfaits. Elle se sentirait dans la peau d'Anita Pallenberg, la sublime blonde et jeune maîtresse de Brian Jones, qui devint, quelques années plus tard, celle de Keith Richards, le guitariste bandit des Rolling Stones.

Robert les contemplerait de son doux regard, et hausserait les épaules. Sined tenterait de la retenir par le bras. Mais rien n'y ferait ; ils seraient déjà partis. À l'évocation de ces pensées, son ventre se durcit un peu plus. Elle se sent prise d'un vertige.

*

À ses côtés, Sined ne bouge toujours pas, absorbé par ses pensées.

— Ça n'a pas l'air d'aller ? lui lance-t-elle.

Il la dévisage, comme s'il revenait de loin, de très loin.

— Si, ça va, merci. Mais…

— Mais quoi ?

— C'est étrange, j'ai l'impression de le connaître.

— Qui ça ?

— Brian. Le garçon à la mobylette bleue.

— Et tu l'aurais connu où ? Dans quel contexte ?

— Je ne sais pas… je n'en sais rien. Je ne parviens plus à me souvenir mais son visage…

Et il se mure à nouveau dans le silence.

*

Il passe en revue ses derniers reportages, ses dernières rencontres. « Peut-être à Lille, il y a six mois, à l'occasion du portrait de Jean Danot, un ancien collaborateur, mi-français, mi-belge, ancien rexiste, presque centenaire. Pas désagréable, non. Étrange, une drôle de tête, fripée comme la jupe d'une lycéenne le soir d'un bizutage dans un couvent lointain du Limousin. Oui, une tête étrange. De grands yeux pâles, d'un bleu désagréable et lâche, avec cette lueur fausse… » (N.D.A. : il voit très bien ce que peut représenter chez un humain cette lueur fausse dans les yeux, mais il n'ose le formuler, même en pensée ; ce ne serait pas envisageable pour lui, l'homme de gauche, enduit de pensées humanistes et non sectaires. Je vais donc l'y aider afin d'éclairer ce passage. Cette lueur fausse, Sined l'avait déjà croisée dans les yeux de trois personnes : un chanteur aujourd'hui décédé, poète qui plaçait très haut la chanson française et qui s'était embrouillé la crinière avec un autre chanteur, saoul et agressif, sur un plateau de télévision à propos de ladite chanson qu'il considérait comme un art majeur, et l'autre, qui ne jurait que par la peinture, lui crachait au visage qu'il s'agissait d'un art mineur. Un syndicaliste de Force ouvrière, titulaire d'une tête énorme et de broussailleux sourcils; on eût dit un gros mouton. Une personne, rencontrée récemment à la terrasse d'un café d'Amiens, au début de l'été, issue d'une tribu rare qui peuplait le désert d'Afrique du Nord; c'était un quinquagénaire, bien intégré dans la société, qui travaillait dans le domaine de l'import-export et semblait très fier de son activité. De sa tribu aussi.)

« Non, je n'ai pas rencontré Brian lors de l'interview de Jean Danot », songe-t-il, déçu. « Mais alors, où? À Nancy, oui, ça devait être à Nancy, il y a trois ans. Le journal m'avait envoyé interviewer un cinéaste lorrain à la drôle, mais très drôle de voix, à l'accent qui se voulait dylanien mais qui était plus que désagréable. (À la drôle de tête, aussi. De lui-même, le cinéaste ne dit-il pas qu'il est titulaire d'une sale gueule?) J'avais aimé cet artiste à ses débuts de carrière, puis je m'étais mis à ne plus l'aimer du tout. Bref, j'avais fait l'effort de me rendre à Nancy par le train pour poser quelques questions à cet être qui m'inspirait un léger sentiment de dégoût. Au bout de vingt minutes, je me rendis compte que l'agacement et la détestation étaient réciproques. Nous nous étions disputés avec passion à propos du Nouveau roman, courant littéraire qu'il détestait et que j'adorais. Il avait cru bon de dire que le style de Claude

Simon détenait l'arrière-goût de pantoufles de notaire ; j'avais haussé le ton. Il s'était avancé vers moi avec la ferme intention de me frapper. Je n'avais dû mon salut qu'à l'intervention de son frère, un grand mec, comédien et chanteur mais qui m'aimait bien et qui était de passage à Nancy. Il l'avait ceinturé fraternellement mais virilement ; j'en avais profité pour m'enfuir dans cette ville qui sentait l'ordre de la presque Allemagne toute proche. Il devait être 18 heures ; je me décidai à faire le tour des cafés de la place Stanislas dans lesquels à chaque fois je commandais trois guignolets kirsch que j'ingurgitais cul sec. Deux heures plus tard, totalement bourré mais ayant enfin presque oublié le crétin de cinéaste, je me retrouvai à la grande brasserie *Excelsior*, où je m'affalai sur une banquette et me mis à discuter avec un groupe de jeunes gens de bonnes familles… Ne serait-ce pas à ce moment-là que j'avais croisé Brian ? »

Il tente de repasser, un à un, les visages proprets croisés ce soir-là en passant par la Lorraine. Non, rien ne correspondait à l'homme à la mobylette bleue.

« Mais où était-ce, alors ? », commence-t-il à s'énerver tandis que les grosses gouttes grasses de l'averse claquent, sottement, sur le toit de l'appentis.

II

Brian roule presque à fond sur sa mobylette bleue qui déchire la pluie noire et grasse. Il emprunte la rue des Branches, tourne à gauche sur le chemin de l'Annuaire. Il rêve… Il caresse le réservoir de son engin comme il eût caressé le flanc de sa jument.

Il se souvient de l'achat du cyclomoteur. C'était à Saint-Quentin, dans l'Aisne, la ville de son enfance et de son adolescence. Épris de liberté mais peu fortuné, il se disait que ce « deux-roues » correspondait à ses attentes. Il avait surveillé les annonces du journal trihebdomadaire *L'Aisne Nouvelle*. Au bout de deux semaines, il cria : « Eurêka ! » Une personne vendait d'occasion une Motobécane AV 88 ; c'était exactement ce qu'il recherchait. Il s'imaginait déjà chevauchant la mobylette couleur azur sur les routes axonaises. Il téléphona au vendeur, un ancien ouvrier de l'usine

Motobécane installée depuis 1961 à Rouvroy-Morcourt, près de Saint-Quentin. C'était un homme d'une cinquantaine d'années, court sur pattes et sympathique, syndicaliste à la CGT.

— Tu sais, mon petit gars, j'ai fait toute une partie de ma carrière avec elle et pas seulement chez Motobécane. Avant, je travaillais chez Vandendriessche, rue de Guise. Une filature, c'était dur… Elle m'en a rendu des services, ma belle bleue ! Je la conduisais par tous les temps, même l'hiver, quand il neigeait. Je l'ai toujours bichonnée ; entre nous, c'est presque une histoire d'amour… Et je t'avoue que ce n'est pas de gaîté de cœur que je la vends…

— Mais pourquoi la vendez-vous, alors ? osa Brian.

— Je prends de l'âge. Bientôt, la retraite. Ma femme et mes gosses voudraient bien partir en vacances. Alors, j'ai décidé d'acheter une voiture, une R16 ; ça vient de sortir. Elle me plaît bien, mais pour ça il faut du pognon. Et j'en ai peu. Suis obligé de la vendre, ma belle trottinette… Tu comprends ? Mais t'inquiète : je ne vais pas t'arnaquer. Je vais te faire un prix. Je ne suis pas un exploiteur, moi…

Il avait ri, puis rallumé la Gitane maïs qui pendouillait au bout de ses lèvres charnues.

L'homme tint parole ; il la lui céda contre quelques billets. « Une broutille ! », songea Brian, tout heureux de son acquisition. Et il repartit chez lui, sous le soleil de mai, vers la maison familiale du quartier de Remicourt.

Il repensait au type, au cégétiste. Il se disait qu'il eût aimé avoir un père comme ça. Non pas que son père eût été méchant homme, non. Ancien militaire à la base aérienne de Mont-de-Marsan (où naquit son fils en décembre 1948), il ne comprenait guère son aîné. C'étaient les années soixante. Le rock, les Yé-Yé, les cheveux longs. Et les cheveux longs, Brian les avait depuis 1965. Les chansons des Beatles, des Rolling Stones, des Yardbirds, des Kinks étaient sur toutes les radios. Avec ses cheveux blonds et la frange qu'il portait à l'époque, ses copains lui trouvèrent tout de suite une ressemblance avec Brian Jones, le génial guitariste du groupe de Jagger et Richards. Ils le surnommèrent ainsi ; ça lui était resté.

— Brian ! Brian ! Quelle idée ! Tu t'appelles Jean-Claude ! Pas Brian, s'était moqué son père qui ne comprenait pas non plus pourquoi son fils était autant épris de liberté, pourquoi – malgré le fait qu'il fût toujours plongé dans des livres dont lui, l'ancien militaire, ne connaissait pas les noms (Jack Kerouac, Henry Miller, William Burroughs…) –, il ne s'intéressait pas plus à ses études.

Devant le peu d'efforts qu'il déployait sur les bancs de l'école, il parvint à le faire inscrire dans un collège d'enseignement technique (CET) afin qu'il apprît la maçonnerie. On ne pouvait pas dire que cela plaisait à Brian ; cependant, il réussit à décrocher son CAP. (Ce qui lui servirait quelques années plus tard, lors de ses pérégrinations aventureuses d'apprenti routard.)

Au CET du Bâtiment, avec sa dégaine, ses jeans, ses vestes US Army, il eut tout de suite la cote auprès des autres élèves. Il revoyait les visages de ses copains de collège : Fabert, de Vouël, près de Tergnier, qui ressemblait à Philippe Léotard et qui apprenait l'électricité ; Barth, futur métreur, un type de Chauny avec un regard noir, un calme apparent qui dissimulait une terrible colère intérieure (il adorait se brûler la peau des avant-bras avec la braise de ses Gauloises) ; Bébert, de Saint-Quentin, qui courait après un CAP de plâtrier, mais qui ne s'intéressait qu'à la musique et qui, lui aussi, déjà, portait les cheveux longs. Mai 68 n'était pas loin ; la France changeait. Le père de Brian le comprenait mal. Parfois, ils se disputaient, ce qui déplaisait fortement à sa mère (qui le protégeait) et à sa jeune sœur Claudette (qui admirait déjà ce frère hors norme qui n'avait rien à voir avec les jeunes hommes proprets des Trente Glorieuses). Quand cela se produisait, il se réfugiait dans sa chambre pour lire *Jours tranquilles à Clichy* ou *Le Quatuor d'Alexandrie*. Il ne savait pas bien pourquoi mais Henry Miller et Lawrence Durrell symbolisaient toute la liberté à laquelle il aspirait. Quand il ne lisait pas, il écoutait à fond les disques de rock et de pop venus d'Angleterre ou/et des États-Unis : Chicken Shack, Savoy Brown, les Who, Graham Bond, Grateful Dead, les Doors, Jefferson Airplane et bien d'autres. Quand son père venait le déloger de sa thébaïde, il fonçait vers le garage, enfourchait sa mobylette bleue et effectuait de longues balades, cheveux au vent afin de calmer ses nerfs. Alors, le stress se dissipait pour laisser place à une sensation de bien-être dont il se souviendrait toujours. La campagne de l'Aisne lui semblait rieuse en ces printemps de révolte. Les villages traversés (Gauchy, Montescourt-Lizerolles, Liez, Quessy-Centre, etc.) eussent pu être des localités des lointaines Angleterre ou Hollande, pays qu'il devinait plus en avance, plus libérés.

Un dimanche après-midi de fin d'hiver, il rejoignit à Vouël son copain Fabert. Il hésita à prendre le train ; il lui fallait choisir entre le plaisir de boire des verres sur place et acheter le billet SNCF. Il opta pour la première solution et fit vrombir le moteur. Vrombir ? Le mot était certainement trop fort ; néanmoins, il s'agissait tout de même d'un monocylindre deux temps refroidi par air, d'une cylindrée de 49,93 cm^3 capable de développer une puissance maximale de 2 CV à 5 000 tours/minute. Ce n'était déjà pas si mal. Cependant, sous ce pâle soleil de début mars, il ne forçait pas le cœur de sa « mémère », comme il la surnommait parfois. Il avait roulé à une allure moyenne ; l'air était frais et vivifiant. Volontairement, il ne mit pas son casque afin que le vent citronné lui fouettât le visage et démêlât sa crinière blonde de Brian Jones. Montescourt-Lizerolles somnolait ; Liez aussi. Une sieste générale provoquée par les desserts dominicaux – éclairs et religieuses – arrosés de blanquette de Limoux. Ou de clairette de Die. La sieste de la France des Trente Glorieuses au creux des grands bras rassurants du haut général de Gaulle qui venait de dessouler les folies algériennes à grands coups d'accords d'Évian. Fabert l'accueillit avec effusion.

— Tiens, mets ça ! On ne sait jamais si on croise les condés ! lui dit-il en lui lançant le second casque.

Il avait grimpé sur le porte-bagages; ses grandes pattes étaient gênées par les sacoches noires. Ils avaient foncé vers le dancing de Fargniers, un vaste bâtiment Art déco, Art déco bien sûr car nos bons amis d'outre-Rhin avaient tout dynamité et bombardé en 1917 avant de prendre la poudre d'escampette.

À l'affiche: les Brothers McDaniels, un groupe pop-rock de La Fère et de Laon. Des cracks. Ils étaient entrés; la salle était pleine de spectateurs comme la tête de Jimmy Reed de bourbon. Sur scène, le chanteur Luc Bertin. Un petit brun au profil d'oiseau de proie; une aura indicible: toutes les groupies tombaient à ses pieds. Et surtout, surtout, il avait la voix de Roger Chapman, du groupe anglais Family. Ils avaient interprété « Suzy Q ». Slim Batteux, l'organiste, envoyait des nappes vaporeuses, bluesy à souhait. Jean-Pierre Josse, le bassiste, faisait ronronner sa « quatre-cordes » sur la solide colonne vertébrale des douze mesures de ce blues nerveux et atypique. Brian et Fabert s'étaient mis à danser devant cinq filles courtement vêtues et non titulaires de soutien-gorge.

En fin d'après-midi, les deux filles qu'ils retrouvèrent au comptoir de *La Bûchette*, un bar américain aux lumières tamisées et aux hôtesses accortes et accueillantes, n'en portaient pas non plus.

— Tu vas voir ! On ne va pas s'ennuyer ! Et les entraîneuses ne sont pas frileuses et elles font des tarifs sympas aux jeunes mecs. Et nous sommes jeunes ! pouffa Fabert à l'adresse de Brian.

Malheureusement, en ce dimanche soir du milieu des années soixante, l'ambiance n'était pas au beau fixe à *La Bûchette*. Une semaine plus tôt, un jeune type qui revenait d'Algérie à moitié traumatisé, avait étranglé une des filles qui lui avait reproché de ne pas trop assurer. Il avait vu rouge ; rouge comme le front de l'adjudant-chef Ponsard quand il faisait fonctionner la gégène et que Mouloud, « un terroriste » du FLN, s'était mis à hurler...

Au-dessus du comptoir, le patron, un courtaud pot à tabac qui fumait des cigarillos, avait accroché le portrait de la défunte. Une jolie brunette, la trentaine, au sourire enfantin. Brian fut pris d'une envie de chialer.

B

L'étudiant de Lyon vient de les rejoindre sous l'appentis. C'est un drôle de petit gars, pas très haut, pas très épais, équipé, lui aussi, d'une tête singulière. Comme ceux de Sined, ses yeux anthracite sont enfoncés dans les orbites ; il ressemble à une musaraigne. On pourrait croire qu'il est le fils ou le frère du journaliste. Est-ce pour cela que le grand reporter lui voue une vive amitié ?

Mauricette se le demande. Elle les observe tandis qu'ils se sont mis à discuter, tous les deux, avec fougue. « Oui, on dirait le père et le fils, songe-t-elle. Il a vraiment une drôle de tête, ce grand adolescent. »

Il lui fait penser à qui ? Elle se le demande bien. « Ah, oui ! À Daniel Auteuil, avec ses yeux de pigeon ramier. Oui, c'est ça, ce gamin a des yeux de pigeon ramier. Pour autant, il n'est pas laid ; non, il est étrange physiquement. »

Le temps qu'elle observe l'étudiant, son désir est redescendu ; elle n'en est pas mécontente. Elle ferme les yeux pour mieux écouter la conversation du duo. C'est d'abord la pluie dégoulinante et lancinante qu'elle entend. Puis les mots :

— Ne fais pas ça, Christophe ! tonne le grand reporter.

Elle rouvre les yeux. (Cette affirmation pourrait laisser penser que Christophe braque un flingue sur Sined. Il n'en est rien.)

— Tu commettrais une grave erreur !

— Je sais, mon père me l'a dit ; et je comprends l'intensité de ce qu'il veut me dire car lui n'a pas fait d'études. Je ne suis même pas certain qu'il ait le certificat d'études.

— Il a raison, ton père.

Sined est sur le point d'affirmer, en se touchant le front : « Le peuple a toujours raison ! » Il s'abstient, se dit que cette assertion un brin péremptoire sonnerait comme : « La vérité sort de la bouche des enfants. » Ce qui est faux car un enfant menteur, vraiment menteur, peut atteindre les sommets vertigineux du mensonge.

— Il te faut continuer les études, Christophe. Écoute-moi !

— Des études ? Mais des études pour quoi faire, bon Dieu ?

— D'abord pour trouver une situation convenable, pour t'insérer dans la vie. Ensuite, pour t'épanouir culturellement.

« "T'épanouir culturellement…", tu parles d'une formule! ironise intérieurement Mauricette. C'est ridicule, comme formule. Quelle idée de parler comme ça! On dirait M. Ulmer, mon professeur d'économie, quand j'étais en terminale B. Avant de rencontrer mon vieux Robert et de m'insérer dans la société grâce aux vignes et à la clairette de Die… Enfin, grâce à ses vignes et à sa clairette de Die… »

Et elle continue d'écouter les deux hommes et d'observer leurs drôles de têtes.

— M'insérer dans la société? Foutaise! On sait très bien que les études de lettres ne mènent à rien, si ce n'est au professorat. Et je n'ai aucune envie de devenir professeur.

— Elles peuvent aussi mener au journalisme! se met à mentir Sined en pointant l'index contre son sternum qui se tend comme celui d'un poulet sous vide de la marque Le Gaulois dont la date de péremption est dépassée depuis cinq jours. (Souvent, dans ce cas précis, ce sont des gaz malodorants qui tendent la cellophane protectrice.)

Sined prend conscience qu'il vient de commettre un gros mensonge, un très gros mensonge.

S'il est parvenu à devenir reporter dans son quotidien de gauche, c'est grâce à Marcel, un cousin de son père qui exerçait la fonction de comptable en chef dans ce journal bien-pensant et ce depuis 1968. Un simple coup de téléphone avait suffi et Sined avait été embauché, d'abord comme secrétaire de rédaction aux informations générales ; rapidement, il était devenu correspondant permanent à Bruxelles, puis reporter aux pages économiques, et enfin reporter (avec le statut de grand reporter). Ce dont il n'était pas peu fier car, pensait-il souvent assez sottement : cela lui permettait de voyager à travers l'Europe, et auprès des filles, grand reporter, ça sonnait tout de même mieux que secrétaire de rédaction…

« Comment vais-je me sortir de ce mensonge ? rumine-t-il. Mentir à un fils du peuple, à un fils d'ouvrier, moi, Sined Toredid, l'incarnation de l'homme de gauche éclairé… Comment puis-je faire cela ? »

Il craint que l'étudiant ne l'interroge sur ses fameuses études et sur le fait que celles-ci aient favorisé son arrivée au journal. Aurait-il avoué le rôle non négligeable pour ne pas dire capital du cousin Marcel, comptable de son état, dans son embauche ?

— Quant à m'épanouir culturellement, pardon, Sined, mais je rigole ! Madame Buffaz, notre enseignante de littérature, a passé trois mois à tenter de nous convaincre de la supériorité du Nouveau roman sur la littérature française d'entre-deux-guerres : elle vouait une haine à Pierre Benoit et Pierre Mac Orlan. Surtout à ce dernier, du reste… Je n'ai jamais bien compris pourquoi… Peut-être à cause du béret ridicule, c'est vrai, qu'il ne cessait de porter pour se souvenir de ses copains écossais et pour rappeler qu'il était fan de rugby. Ça, c'est vrai que c'était puéril, au fond…

Aux mots de « Nouveau roman », Sined a pâli. Mauricette l'a remarqué ; elle se demande ce qu'il vient de se passer dans sa tête, dans sa drôle de tête. Elle ne peut pas savoir que le Nouveau roman est l'une des passions du grand reporter. Elle ne peut pas savoir que dans sa chambre d'adolescent, il avait accroché une grande photographie d'Alain Robbe-Grillet. « Tous mes copains, eux, avaient des posters de Jim Morrison, de Keith Richards, clope au bec, de Mick Jagger, moue mousseuse, de Brian Jones, caniveaux de cernes sous les yeux… », se dit-il. À l'évocation de Brian Jones, il repense à Brian qui, regrette-t-il, doit peiner sous l'averse, juché sur sa mobylette bleue de fils du peuple. Il tente de se ressaisir, de ne pas céder à sa sensiblerie naturelle. « Après tout, c'est sa faute ! Ne lui ai-je pas proposé de mettre sa fichue mobylette bleue dans le grand coffre de ma guinde ? Il a refusé ; c'est bien fait pour lui. » Après cette pensée, il se redresse légèrement, mû par cette délicieuse impression d'avoir pensé en homme, en vrai homme. Puis, une autre pensée l'assaille, le terrasse plutôt : « Je ne suis qu'un monstre. Le pauvre gars, un gars du Nord, peut-être un fils de mineur… Oui, je suis un monstre. C'est affreux ! Comment puis-je me permettre de juger un fils de prolétaire, moi le fils de notaire parisien bien installé ? Moi, le fils privilégié que son notaire de père a envoyé étudier, dès l'âge de quinze ans, dans un lycée expérimental de province, à Saint-Quentin… Et dire que mon père, afin de m'éviter la promiscuité malsaine et malodorante de l'internat, me payait une chambre en ville, rue des Corbeaux… Ah ! la rue des Corbeaux… Croâ ! Croâ ! La rue des Corbeaux, avec ses étais en bois. Chaque matin, à 7 h 45, quand je sortais, j'avais la terrible impression que les murs allaient s'écrouler sur ma gueule de petit bourgeois… Alors, je fuyais à toutes jambes vers la rue d'Isle, pour courir, courir jusqu'au lycée Henri-Martin… »

Et il se remet à penser à Brian et à se demander où il a déjà croisé son visage. Impossible pour lui de s'en souvenir.

Soudain, il s'interroge sur le commentaire que va faire Christophe à propos du Nouveau roman. Il se dit qu'il ne supporterait pas des propos venimeux de la part de l'étudiant à l'endroit de son courant littéraire préféré. Il n'en est rien ; le jeune homme se lance dans une hagiographie bien sentie, bien documentée de Pierre Mac Orlan.

— Un type courageux ! Poilu exemplaire dans la Somme, blessé devant Péronne, sa ville de naissance. Blessé devant sa ville de naissance, vous vous rendez compte ?

Comme Sined ne témoigne aucune réaction, il se tourne vers Mauricette qui, à son tour, est absorbée par ses pensées. Elle vient de se rendre compte que finalement, Sined n'avait pas une si drôle de tête que ça, et qu'il dispensait même un certain charme. Alors que l'étudiant continue de s'enflammer à propos de l'auteur de *Sous la lumière froide*, elle ne souhaite plus qu'une chose : que la conversation s'interrompe et qu'elle lui propose de repartir en voiture. Et qu'enfin il arrête le véhicule, à trois cents mètres, à trois kilomètres, peu importe, enfin loin des regards indiscrets et salaces et qu'il se mette à fouiller dans sa culotte toute trempée.

On ne peut pas imaginer tout ce qui se passe dans la tête des gens un soir de fête des vendanges en pays diois.

III

La tempête redouble d'intensité. Des gouttes énormes alternent avec une pluie fine et huileuse ; on n'y voit pas à cinq mètres. « Vais-je y arriver ? », songe Brian, les deux mains crispées sur le guidon de sa mobylette bleue. Il a allumé les phares de son cyclomoteur ; ils ne lui servent à rien. Au rond-point, il prend la première sortie et roule sur la départementale.

Était-ce une route départementale qui reliait Ham à Saint-Quentin ? Et qui avait eu l'idée de cette course entre les deux villes ? Lui ou Baron, flûtiste, saxophoniste, mélomane absolu, fou de jazz, de bossa nova et de rock qui, justement, résidait tout près de Jambon ? (Avec l'humour qui le caractérisait, le musicien ne disait pas Ham, mais Jambon.) C'était en mai 1971 ; Baron, personnage haut en couleur, dévoreur de gigantesques sandwiches au camembert (un hommage discret à l'album de Gong, *Camembert électrique*?), incarnait le rôle de gourou auprès des musiciens de la scène saint-quentinoise. Lui aussi roulait sur une Motobécane AV88, exactement le même modèle que Brian. Ils s'étaient rencontrés un matin de mai chez Fanette, au *Café des Bals*, QG des artistes locaux. Oui, c'était bien Baron qui avait eu l'idée de la course ; Brian vient de s'en souvenir. Le dimanche suivant, ils s'étaient donné rendez-vous au panneau « Ham » de sortie de la ville. Baron avait vu grand ; il avait ronéotypé des affichettes qu'il placarda dans tout le Vermandois ; il avait intitulé l'événement *La Course bleue*. Certains de leurs camarades, des musiciens pour la plupart, s'étaient rendus sur place, tant sur le lieu de départ qu'à l'arrivée. Baron, qui connaissait le parcours comme sa poche, avait vite pris l'avantage ; devant le petit aérodrome de Roupy, il avait distancé Brian. En passant dans la commune, tous deux avaient jeté un regard sur la jolie maison des Pierre, Alain et Janine, un couple de bourgeois quinquagénaires qui aimait organiser des fêtes nocturnes ; ils y invitaient des jeunes gens un peu bohèmes, poètes en herbe, musiciens. On y fumait beaucoup – pas que du tabac. On y buvait énormément aussi. Baron et Brian s'étaient rendus, séparément, à quelques-unes de ces sauteries dont ils avaient gardé des souvenirs confus mais singuliers car parfumés de fragrances d'interdit. À l'arrivée à Saint-Quentin, Baron avait décidé de s'arrêter et d'attendre son blond concurrent. Et ils avaient passé ensemble la ligne d'arrivée. Dans un élan de fraternité, Baron avait pris son copain dans ses bras, puis, devant la petite foule de copains médusés, s'était mis à hurler :

— Le vainqueur, c'est la mobylette bleue ! Point barre ! C'est elle la reine de la journée ; c'est elle qui contribue à notre liberté ! Aimons-la comme une reine !

Il avait sorti un sandwich au camembert de la sacoche de son engin et croqué dedans à pleines dents.

« Baron ! Quel phénomène ! », se dit-il. À lui seul, il symbolisait l'époque ; une époque. Celle de l'après-Mai 68 ; celle des folies et des expérimentations en tout genre. Brian et son meilleur ami, Marc Odysse, un grand type calme, intelligent et discret, fréquentaient donc *Le Café des Bals*. Fanette, la patronne, était une maîtresse femme, une haute blonde, à la poitrine opulente, qui s'occupait du club de boxe. Elle régnait sur sa clientèle avec douceur et fermeté quand il le fallait. (« C'était bien, chez Fanette », chantonnaient certains, pastichant « Chez Laurette », la délicate chanson de Michel Delpech.) Elle aimait ces lycéens chevelus qui empestaient le patchouli, qui consommaient des hectolitres de bière et de mauvais vin blanc tout en refaisant le monde.

Il y avait les groupes, les clans. Les politisés, adhérents de l'Alliance des jeunes pour le socialisme (AJS), de l'Organisation communiste internationale (OCI) ou de la Ligue communiste, bavards, sérieux, concernés, et toujours prêts à faire le coup de poing contre les fascistes qu'ils pensaient repérer un peu partout. Les différents groupuscules possédaient leurs leaders: Mollier, calme, organisateur en chef, manière de Daniel Cordier, dit Caracalla dans la Résistance et dans le roman *Drôle de jeu*, de Roger Vailland que Brian avait dévoré quand il avait quinze ans; Polki, un Parisien bavard, gouailleur, fils d'une famille juive du faubourg du Temple, fou de théâtre, art qu'il pratiquait avec beaucoup de brio à ses heures perdues; Morbier, excessif et intransigeant, provocateur (quelques mois plus tard, il se fit casser la figure par un interne du lycée, fils d'une très vieille famille d'aristocrates, qu'il avait insulté); Jean-Marie Le Verguem, dit Juan, un petit Breton aux allures de Mick Jagger, poète, qui servait un peu de passerelle avec le groupe des musiciens, des artistes et des apprentis hippies. Brian et Marc Odysse – qui rêvaient de voyages réels ou intérieurs, de plaisirs et de folles libertés – fréquentaient plutôt ces derniers car ils disaient s'ennuyer auprès des « politisés » dont les tonitruants et ascétiques discours les assommaient.

Brian revoyait leurs visages, leurs silhouettes, leurs ombres incertaines qui, comme les flammes de chandelles, finissaient par s'éteindre dans sa mémoire. Jean-Pierre Josse, ancien bassiste des Brothers McDaniels, devenu guitariste émérite et aussi rapide que Larry Coryell, mutique derrière ses lunettes aux verres épais ; Pierre Chamblard, violoniste d'un groupe très inspiré par Jethro Tull, King Crimson et Soft Machine, entouré de quelques autres membres de la formation : Tigrou, batteur inventif aux longs cheveux bruns, Daniel, guitariste fan de Jimi Hendrix (à leur côté, leur frère Jean-Bernard, très amaigri, visage émacié, étudiant en médecine qui revenait de Thaïlande où il avait, disait-il, abusé de la poudre) ; ils étaient les fils d'un médecin réputé de la ville.

D'autres musiciens encore : Bitume, bassiste à la lenteur de caméléon, cheveux longs et raides comme des baguettes de tambour ; Pierre

Chaunier, guitariste titulaire d'une Elli Sound, copie SG Gibson achetée chez Victor Flore, en bas de la rue Pigalle, à Paris, longs cheveux bouclés qui le faisaient ressembler à une sorte de Louis XIV brun et lui donnaient un air ridicule. (Pierre Chaunier, par la suite, deviendrait journaliste, notamment dans la presse spécialisée rock.)

Clara et Katia, deux grandes, jeunes et jolies filles, lycéennes dissipées, se retrouvaient souvent assises à leur table. La première, aux cheveux blond roux frisés, très myope, portait des lunettes rondes aux verres épais qui lui procuraient un charme fou et la faisaient ressembler à Janis Joplin. Son père, gros industriel, possédait un manoir au bord de la rivière Oise, dans un bourg qui avait vu naître Condorcet. Pierre Chaunier avait, dit-on, entretenu une intense histoire d'amour avec elle. Par la suite, Clara résida à Paris, connut des milieux interlopes où la drogue dure circulait beaucoup ; beaucoup trop.

Fille de petits épiciers d'un bourg situé près de Tergnier, Katia ne cessait de rire ; elle n'était que joie de vivre. Sourire éclatant, mince, silhouette de Mireille Darc, jambes fines et interminables, elle collectionnait les conquêtes. Aucun garçon ne résistait à son sex-appeal. Chaunier, encore lui, eut une aventure avec elle. Une sorte d'amitié amoureuse, plutôt, mais dont il gardait, avait-il confié à Brian, « un souvenir ému car cette grande didiche était aussi intrépide sous les draps que dans la vie ». Clara se tua quelques années plus tard, dans un accident de la circulation survenu du côté de Saint-Tropez, en juillet 1975, à la sortie d'une boîte de nuit. Elle avait vingt ans.

Des ombres, oui, des ombres, disparues, pour la plupart, dans les brumes du temps et de l'oubli... Brian et Marc Odysse se rendaient aussi à *L'Élégant*, un bar du centre-ville au mobilier design. Les « politisés » ne le fréquentaient pas, reprochant à ce café sa clientèle trop bourgeoise, trop « droitarde ». En ces années de changement, les trotskystes ne plaisantaient pas avec la lutte des classes. En revanche, on y retrouvait les artistes, les apprentis hippies et les bohèmes du *Café des Bals*. Brian y revoit Pierre Chamblard attablé devant un Casanis, en train de dessiner des sexes d'hommes énormes sur un bloc de papier jauni. Clara et Katia l'entouraient; elles riaient. La première confiait qu'elle était amoureuse de Jim Morrison, le chanteur des Doors; elle parlait de son pantalon de cuir très moulant qui permettait de distinguer ses formes.

— Ce sont mes dessins qui t'inspirent, ma poulette ? lui répondait-il. Tu sais, les Doors ne produisent pas une musique très moderne. Tu devrais plutôt écouter Gong ou Soft Machine. Le bassiste, Kevin Ayers, avec sa gueule d'ange, n'est pas mal non plus… Il ressemble à Brian, le mec qui roule toujours sur une mobylette bleue.

On disait que le patron de *L'Élégant*, qui venait de Soissons, avait eu des ennuis avec la justice. Il en était de même pour l'un de ses amis, un certain Denis Source, fils d'un boucher de Chauny qui avait tenu un bistrot dans cette ville, avant de reprendre une friperie à Saint-Quentin, près de la place aux Grenouilles. Lui aussi avait eu, disait-on, des ennuis avec la justice ; personne ne savait exactement quel délit il avait commis. Avec sa haute stature, ses cheveux longs très bruns, ses yeux étincelants, Clara disait qu'il ressemblait à Jim Morrison. Elle rêvait d'avoir une aventure avec lui, mais, révélait-elle, il lui paraissait inaccessible à cause de son âge, de son aura mystérieuse, « sulfureuse », précisait-elle. Très rapidement, Brian et Denis Source étaient devenus amis.

C

— Ça y est ! Je me souviens ! hurle Sined.

Mauricette et Christophe le regardent, stupéfaits.

— Je me souviens où j'ai croisé Brian…

— Où ? ose la jeune femme rousse.

— Il était barman au *Gros Wallon*.

— Au *Gros Wallon* ?

— Un bar près de Beaubourg, à Paris, que je fréquentais il y a quelques années. On avait échangé quelques mots ; son visage m'avait marqué. Déjà, je trouvais qu'il ressemblait à Brian Jones. Un peu à Kevin Ayers, aussi.

L'évocation de l'homme à la mobylette bleue plonge, une nouvelle fois, Mauricette en émoi. Son imagination se met en branle. Elle reprend le fil de ses fantasmes ; elle rêve.

Ils sont tous les deux sur l'engin. Ils dégoulinent de pluie. Ils rient à gorge déployée. Où vont-ils ? Elle n'en sait rien. Elle lui pose la question.

— Tu m'emmènes où, beau brun ? hurle Mauricette à son amant potentiel.

Elle est obligée de crier car les gouttes, en claquant contre les frondaisons et contre l'asphalte, font un bruit d'enfer. Elle se force à pratiquer l'humour car, au fond, elle n'en mène pas large et s'interroge sur le culot qui l'a poussée à abandonner son mari Robert et son amant Sined à cette fête des vendanges pour grimper à l'arrière d'un engin deux-roues de type Motobécane. Pratiquer l'humour, oui ; enfin, comme elle le peut : en qualifiant de « beau brun » le jeune homme qui est blond comme une bière Pilsen.

— Si on te le demande, tu diras que tu n'en sais rien ! répond Brian sur le même ton. (Il rit.)

Sur le bord de la route, ils aperçoivent une sorte de bergerie abandonnée dont le toit de tuiles, encore de bonne qualité, constituera un abri.

*

— Arrête de t'en prendre au Nouveau roman, s'il te plaît !

Sined a rapproché son visage de celui de Christophe et hurle une deuxième fois. La vocifération a immédiatement fait redescendre Mauricette de l'arbre de rêves et de fantasmes dans lequel elle était perchée.

« Heureusement qu'il pleut, sinon j'aurais été découverte », pense-t-elle, penaude comme une petite fille surprise par l'arrivée de ses premières règles. « Brian me fait trop d'effet ; ça devient insupportable ! Il faut que je fasse quelque chose… »

Christophe s'est reculé ; il a été surpris par l'accès de colère de Sined. Il l'imaginait plus posé, plus maître de ses passions. Il tente tout de même une riposte.

— Je ne voulais pas vous froisser, vous savez. C'est vrai que je n'aime pas le Nouveau roman, ça m'a toujours barbé. Au lycée, notre professeur de français de classe de seconde ne jurait que par ce courant littéraire. Elle avait trouvé le moyen d'inviter Michel Butor pendant deux heures pour en parler. Je ne me souviens plus d'un traître mot de ce qu'il racontait ; en revanche, je me souviens du léger accent qu'il laissait traîner à la fin de chacune de ses phrases. Comme un accent suisse qu'il essayait, peut-être, de dissimuler…

— C'est bien triste. Avoir eu en face de soi Michel Butor et ne plus se souvenir que de son accent suisse. Si je peux me permettre, c'est assez lamentable…

— Ce n'est pas tout.

— Quoi encore ?

— Je m'étais permis de lui dire que je venais de lire un roman épatant, *Ernest le Rebelle*, de Jacques Perret. Notre professeur de français avait retiré les lunettes noires qui, toujours, lui dissimulaient le regard et lui donnaient l'allure d'une starlette italienne des années soixante ; elle m'avait dévisagé d'un air mauvais. Quant à Butor, on sentait bien qu'il tentait de se contenir quand il m'avait répondu tout de go : « Jacques Perret, un vieux royaliste. Un ami des Hussards. Je vois, je vois, je vois… » Oui, je me souviens qu'il avait répété trois fois « je vois », comme s'il se fût agi d'un code secret qui lui eût permis de communiquer avec ma professeur starlette, avec qui il était en extrême connivence. Une sorte de code secret d'un rituel mystérieux. J'avais envie de lui répondre qu'il avait été aussi un courageux résistant, vaillant maquisard, et surtout, surtout, romancier passionnant et généreux, qualités, qu'à mes yeux, ne possédaient pas les Nouveaux romanciers.

— Ah ! parce que tu aimes aussi les Hussards ? soupire Sined à l'endroit de l'étudiant.

— Je n'ai pas le droit ?

— Si, si, tu as le droit, mais…

— Mais quoi ?

— Mais rien. Il me semble que tu as perdu ton temps en lisant les romans des Hussards ; ils ne sont que les vecteurs de la vieille littérature française, celle qui est morte ou qui doit mourir…

— La meilleure littérature, oui ; je suis d'accord avec vous. Les Hussards ont été les plus vecteurs et les transmetteurs de la meilleure littérature française. Celle de Stendhal, de Laclos, de Bernis et de quelques autres.

— Je n'avais pas soupçonné que tu pouvais faire preuve d'insolence… Au fond, ça m'épate.

— Je ne suis pas insolent ; je me défends, c'est tout.

— Les romans des Hussards sont pleins de héros, d'héroïnes et les personnages des livres de leurs auteurs doivent plus au vaudeville qu'à Brecht.

— Je ne vous donne pas tort.

Sined s'est, une fois de plus, rapproché du visage de l'étudiant lyonnais. Il émet une manière de grognement étrange proche de celui qui pourrait s'échapper du groin d'un sanglier, d'un phacochère ou d'un ours en colère.

— Grheu… Grheu !…

Mauricette est surprise par l'attitude du journaliste. Elle ne l'imaginait pas comme ça.

Elle le trouve d'abord ridicule, puis une légère peur l'étreint. « Et s'il se mettait à frapper Christophe ? Que ferais-je ? Et il ne serait pas possible de compter sur ce troupeau d'abrutis saouls comme des étourneaux en juin au pied d'un cerisier, pour intervenir. »

Nouveau petit moment de panique. Elle fait diversion en contemplant l'une après l'autre les drôles de trognes des deux belligérants. « Oui, c'est indéniable : ils ont des drôles de têtes. Mais qu'est-ce qu'ils se ressemblent ! Leurs petits yeux cruels et sombres enfoncés dans leur tête. Ont-ils conscience de leur ressemblance ? »

Sined s'est repris. Il recule, et s'aperçoit du grotesque de la situation. Il tente de plonger tout au fond de sa mémoire pour comprendre ce qui l'a conduit, un jour de son adolescence, à prendre fait et cause pour Claude Simon, Alain Robbe-Grillet, Michel Butor et Nathalie Sarraute. Il se revoit dans la bibliothèque paternelle. Assis dans l'un des trois fauteuils de velours incarnat. Il se lève, grimpe sur l'escabeau et, par hasard, attrape un des livres parmi les dizaines qui encombrent les rayons. Il sait qu'il risque de tomber sur l'un des opus qu'affectionne particulièrement son notaire de père : Victor Hugo, Vigny, Chateaubriand, Flaubert… Il n'en sera rien.

— *La Route des Flandres*… Qu'est-ce ? articule-t-il.

Il lira presque d'une traite le livre de Claude Simon, fera connaissance avec les éditions de Minuit. Une rencontre décisive.

« Mais est-ce bien ce moment précis qui m'a conduit vers ma passion pour le Nouveau roman ? » Il sait que cette rencontre ne fut que le déclencheur d'un élan puissant qu'il retenait jusque-là. Il vient de prendre conscience que le courant littéraire symbolisait l'audace de la rupture. Rupture avec le milieu bourgeois familial. Il sentait alors qu'il lui fallait devenir de gauche, se vouer corps et âme à la condition ouvrière. Le Nouveau roman symbolisait cette audace, cette rupture. Il enfila l'habit, la grosse cotte plutôt, pour s'en aller combattre les idées reçues et convenues de son milieu d'origine. D'autant qu'il venait d'apprendre, six mois plus tôt, que son père avait failli lui choisir comme parrain Paul-Alain Léger. Paul-Alain Léger ! Un comble…

IV

D'énormes flaques d'eau se sont formées sur la route. Des flaques ? Non : des mares plutôt. C'est impressionnant. Brian se demande s'il ne doit pas s'arrêter, laisser passer la tempête. Il continue, poursuit sa route. Il contemple les gouttes d'eau qui s'accumulent sur le réservoir ventru et chromé de sa mobylette bleue. Il repense aux gouttes de transpiration qu'il a aperçues sur les épaules rondelettes et entre les seins de Mauricette. Cela, à la fois, l'amuse et le rassérène. Il se dit à nouveau qu'elle est vraiment très belle, très appétissante. Mais elle est aussi la femme de Robert, l'épouse du patron, « de cet homme bon, si humain, à l'écoute… »

Il se souvient que lui aussi transpirait lorsqu'il travaillait au *Gros Wallon*, un grand bar situé près de Beaubourg, à Paris. L'établissement était tenu par son copain Denis Source qui avait revendu la friperie qu'il avait ouverte à Saint-Quentin; Denis n'avait pas tardé à le faire embaucher comme barman. C'était dans les années quatre-vingt-dix, celles du néolibéralisme triomphant, de la performance, de la compétition. Les années post-soixante-huitardes semblaient déjà lointaines. On ne planait plus; on s'activait. On travaillait dur; on voulait gagner de l'argent. On voulait réussir. Les années haschisch laissaient place aux années cocaïne, carburant essentiel aux jeunes entrepreneurs des start-up naissantes, et à certains salariés précaires, minuscules fourmis ouvrières d'un impitoyable système, presque le lumpenprolétariat. Depuis qu'il avait décidé de travailler à Paris pour gagner sa vie comme serveur, Brian se demandait si, au fond, il n'appartenait pas à ce dernier. La vie à Paris se révélait de plus en plus difficile; se loger devenait presque impossible pour celui qui ne disposait que d'un petit salaire. Il lui fallait travailler, travailler encore, presque jour et nuit. Ce fut un peu ce qui se produisit lorsqu'il prit son premier emploi dans la capitale; l'établissement se nommait *Le Carillon de Montmartre*. Un beau bar-restaurant, au sol en damier, aux larges baies vitrées qui procuraient à l'endroit une lumière poudreuse qui ressemblait à celle qui caresse les pentes enneigées des moyennes montagnes, Vosges ou Jura. L'ambiance, certes, savait se faire joyeuse, dans ce bar-restaurant cossu à portée de vue du Sacré-Cœur, fréquenté par de nombreux touristes. Malgré le cadre idyllique, Brian ne tarda pas à déchanter. Son salaire ne correspondait pas à ses attentes ; il dut faire des extras, le soir et une partie de la nuit, dans d'autres bistrots et restaurants pour payer son loyer et la vie de tous les jours. Il se sentait exténué, mais il lui fallait tenir le coup. À la faveur de rencontres, il découvrit le remède miracle : la prise de coke. En trouver ne lui fut guère difficile ; Denis Source, consommateur de divers produits illicites et grand buveur, lui fit bénéficier de son réseau. Il était important, son réseau. Grand, large d'épaules, très brun, volubile pour ne pas dire hâbleur, il était ce qu'il est convenu d'appeler « un beau gosse ». Un séducteur. Il savait en jouer et en profiter. Les filles en étaient folles ; les hommes lui faisaient confiance. Au début des années soixante-dix, il avait été contraint de quitter Chauny un peu précipitamment ; des ennuis divers et variés (dont certains avec la justice) l'y avaient poussé.

Qu'avait-il fait au juste ? Les rumeurs les plus absurdes ne tardèrent pas à circuler dans les rues du bourg de la vallée de l'Oise. L'une persistait : il se serait associé avec trois autres bistrotiers de la ville afin de dissimuler au fisc l'acquisition de boissons et de marchandises. Le préjudice pour les contributions indirectes se révélait important, très important. Il avait comparu au tribunal ; la peine, disait-on, n'avait été qu'infime. On susurrait qu'il avait bénéficié d'appuis non négligeables auprès de la haute bourgeoisie du canton et de décideurs locaux. « Il sait des choses, beaucoup de choses. Trop de choses », murmuraient les langues pâteuses, voire crochues. D'autres allaient même plus loin : « Il aurait été mêlé à une histoire de règlement de compte qui se serait mal terminée. » Mais, autant les premières allégations tenaient d'un fond de réalité, autant les secondes relevaient, affirmait-on, de la pure affabulation.

Une chose est certaine : Denis Source était souvent entouré d'hommes mystérieux, peu loquaces, dont certains pâtissaient d'une réputation sulfureuse. Brian le constata tout de suite, dès qu'il fit sa connaissance à la friperie de la place aux Grenouilles, commerce qu'il venait de reprendre. Il se souvenait notamment de deux frères, « des artisans charpentiers », lui avait confié Source à voix basse alors qu'il n'y avait personne dans le magasin.

— Enfin, charpentiers ou autre chose... L'important, c'est qu'ils ont beaucoup d'influence dans la ville... Ils fréquentent l'Association 35...

— L'Association 35 ? Je ne connais pas ; c'est quoi ? avait avoué Brian.

— Tu ne connais pas l'Association 35 ? Ah ! toi alors !

Brian essaya bien d'en savoir plus mais rien n'y faisait. Chaque fois, le fripier débutant changeait de conversation. Il tenta alors sa chance auprès du tout aussi mystérieux Jean-Bernard, ami de Source, frère de Tigrou et de Daniel, jeunes musiciens pop et fils d'un médecin réputé de la ville. Celui-ci, d'abord, parut bien embarrassé, puis fit mine de ne pas en savoir plus sur la fameuse Association 35. En revanche, il connaissait bien les deux pseudo-charpentiers, et l'un de leurs fils, Gégé, à qui, disait-il, il avait permis d'accéder aux études de médecine dont il rêvait.

— C'est grâce au réseau de mon père, ajoutait Jean-Bernard, à la fois souriant et rêveur. Il est bien, mon père, même s'il me considère comme le mouton noir de la famille...

Un matin, alors que Brian lui rendait visite à la friperie, Denis Source lui mit sous le nez une coupure de presse issue d'un grand quotidien du soir. L'article, daté de mai 1980, révélait que quinze personnes, cinq femmes et dix hommes, étaient en train d'être jugées devant la cour d'assises de Paris; il leur était reproché des recels qualifiés dans l'affaire d'enlèvement dont avait été victime, au mois de janvier 1975, le directeur d'une société de pièces pour automobiles, âgé d'une quarantaine d'années. Brian lut attentivement le compte-rendu; y figuraient les noms des deux frères, les « artisans charpentiers » qui fréquentaient l'Association 35. Péremptoire, le titre global de l'article annonçait que les quinze malfaiteurs présumés coupables encouraient la prison à perpétuité.

« Que sont devenus les deux frères artisans? », se demande Brian, les mains crispées sur le guidon de sa mobylette bleue tout en négociant un virage en épingle à cheveux sur une chaussée particulièrement glissante. Il ne sait le dire, lui qui a quitté Saint-Quentin depuis de nombreuses années pour vivre aujourd'hui, grâce à sa petite sœur, en pays diois.

En revanche, il se souvient parfaitement de ce que lui avaient raconté Jean-Marie Le Verguem, dit Juan, et Tigrou, batteur et frère de Jean-Bernard. Au début des années soixante-dix, alors que la scène du rock progressif saint-quentinois battait son plein, une fête musicale avait été organisée chez Jean-Jacques Feule, un gentil jeune homme, fils d'un industriel dont l'usine se trouvait en bordure du canal. Jean-Jacques avait invité une bonne quinzaine de musiciens rock, pop, jazz rock et jazz afin qu'ils s'exprimassent dans un vaste hangar qui, pour l'occasion, avait été aménagé en salle de concert. Les instrumentistes avaient convié leur femme ou leur petite amie ; d'autres copains, qui avaient eu connaissance de la fête, s'étaient joints au groupe. Au total, une bonne cinquantaine de personnes s'étaient retrouvées chez le doux Jean-Jacques.

Une scène avait été installée. Tigrou se trouvait derrière la batterie ; Daniel, son frère, à la guitare Fender Stratocaster, plus hendrixien que jamais ; Pierre Chaunier frimait sur le manche de son Elie Sound copie Gibson SG ; Bitume, imperturbable, à la basse Fender Precision. Le trio improvisait à partir d'un thème de Caravan, le groupe exquis de Canterbury. Dans l'assistance, filles et garçons se passaient des joints et des bouteilles de vodka à l'herbe de bison. Parmi eux : Baron, assis en tailleur, répétait des mélopées sur sa flûte traversière, devant Jean-Marie Le Vergem, dit Juan, admiratif, qui tenait une feuille de papier et récitait des poèmes de sa composition. Des couples s'étaient isolés dans des salles minuscules qui faisaient office de boudoirs, pour s'adonner à de chaleureux câlins. C'était le cas de Clara ; elle avait jeté son dévolu sur un homme qui devait avoir l'âge de son propre père. La jolie apprentie hippie, qui ressemblait à Janis Joplin, n'était pas à ça près.

Soudain, tous entendirent des fracas, des bruits de portes qu'on défonçait. Jean-Jacques se précipita vers l'entrée.

— Merde ! Mes cousins ! hurla-t-il. Planquez-vous et protégez le matériel. Ils sont furieux !

Jean-Jacques ne les avait pas invités. Ils en avaient pris ombrage ; de plus, ils étaient totalement ivres. Les cousins en question n'étaient autres que deux fils des frères présumés charpentiers de l'Association 35.

D'après Juan, tout alla très vite. Et, malgré son intervention, Jean-Jacques ne put rien y faire. Les deux jeunes hommes commencèrent par retourner les tables sur lesquelles reposaient bouteilles d'alcool et victuailles. Ils se mirent à poursuivre les participants qui n'avaient pas eu le temps de se sauver ou de se planquer à la cave. Juan, Tigrou, son frère Daniel et Pierre Chaunier se recroquevillèrent dans un coin du sous-sol. L'un des deux frères inspectait l'endroit avec une puissante lampe torche à la recherche de proies, frêles jeunes gens, un peu artistes, beaucoup rêveurs, si peu bagarreurs.

L'exaction dura une vingtaine de minutes. Quelques-uns écopèrent de gifles, de coups de poing; rien de dramatique, c'était vrai. Mais quelle frayeur! Les frangins prirent congé non sans avoir raflé les bouteilles de vodka et complimenté lourdement deux ou trois filles qu'ils trouvaient à leur goût.

— Mais qui sont ces porcs? lança Clara en reboutonnant la chemise de garçon qui lui procurait un air d'invertie.

Elle était décoiffée et sentait l'homme mûr.

— Mes cousins! répondit sobrement Jean-Jacques. J'aurais mieux fait de les inviter.

D

« Dire que mon père voulait que mon parrain soit Paul-Alain Léger. Quelle idée, tout de même ! », pense Sined.

Paul-Alain Léger ? Officier parachutiste de l'armée française, il combattit pendant la Seconde Guerre mondiale, et pendant les guerres d'Indochine et d'Algérie. Ancien des Special Air Service (SAS) et du GCMA en Indochine, il fut spécialiste de la guerre contre-insurrectionnelle dans les services du SDECE. Il fut impliqué dans la « bataille d'Alger », la crise de mai 1958, la Bleuite, la lutte contre les trafiquants d'armes et le putsch des généraux. La Bleuite, ou l'art de retourner les ennemis et intoxiquer les dirigeants de ces derniers afin qu'ils vissent des traîtres partout dans leurs rangs et qu'ils effectuassent des purges ; une invention que l'on devait au soldat baroudeur Léger.

Maurice Toredid, père de Sined, venait de terminer de brillantes études de droit ; il hésitait entre la profession d'avocat et celle de notaire. Nous étions au sortir de la Deuxième Guerre ; la France était à reconstruire grâce à la visite de courtoisie de nos bons amis d'outre-Rhin. Maurice opta pour le notariat. Ce fut à cette époque qu'il fit la connaissance, dans un bar près de l'Opéra, de Paul-Alain Léger ; c'était peu de temps avant que ce dernier ne partît combattre en Indochine, le 1er avril 1953. Ils avaient lié amitié à la faveur de positions politiques communes qui, certes, n'étaient pas d'extrême gauche, mais développaient tout de même un désir de patriotisme qui ne manquait pas de panache. L'idée du parrainage naquit dans la tête de Maurice dès que sa femme, Marie-Pierre, tomba enceinte. Il fallut beaucoup de ténacité à celle-ci pour qu'elle parvînt à faire changer d'avis son mari. Tout en trouvant le nouvel ami de son époux fort séduisant (avec son regard sombre, ses larges épaules et surtout cette démarche inimitable qui lui permettait d'exercer son commandement sans l'ombre d'une contestation), elle trouvait aussi que ce Paul-Alain Léger sentait trop l'aventure ; elle y percevait une insécurité sous-jacente qui l'inquiétait. Elle espérait un parrain plus stable pour son petit Sined. Elle parvint à ses fins ; le parrain fut finalement Me Charlie Lacouture, originaire de Nancy, un confrère notaire de son mari, doux, équipé d'une barbichette, et bien établi dans la société.

*

« Je suis vraiment issu d'une famille de droite », pense très fort Sined tout en observant Mauricette et Christophe qui se sont mis à discuter. (Dès qu'elle a senti que la conversation dégénérait entre le jeune Lyonnais et le grand reporter, elle a fait diversion en entraînant l'ennemi du Nouveau roman dans une conversation anodine.) « Ne serait-ce pas pour ça, au fond, que je me suis mis à adorer Claude Simon et sa bande réputés de gauche, ou, en tout cas, porteurs d'idées qui étaient censées bousculer l'ordre pantouflard de la littérature d'après-guerre ? »

Sined n'est pas mécontent d'avoir retrouvé l'endroit où il avait croisé Brian. « C'était donc au *Gros Wallon* », soupira-t-il, plus léger. Il s'était mis à fréquenter cette grande brasserie sur les conseils de copains du lycée Henri-Martin, de l'internat de Saint-Quentin où ses parents l'avaient envoyé. « C'est le café où se donnent rendez-vous tous les gens de l'Aisne devenus parisiens ou de passage à Paris », lui avait confié l'un d'eux.

Quelques jours plus tard, chez Fanette, Jean-Marie Le Verguem, dit Juan, le lui avait confirmé en lui fournissant un peu plus de détails.

— L'établissement est dirigé par Denis Source, un type qui tenait une friperie ici à Saint-Quentin il y a encore peu de temps. C'est un drôle de mec, fort en gueule, beau gosse, peur de rien. Un copain de mon frère.

Dès qu'il revenait chez ses parents, le week-end, Sined s'était mis à fréquenter *Le Gros Wallon.* Il se souvenait vaguement de Brian à qui il commandait des bières ; il se souvenait surtout de Denis Source qui, un soir fort tard, lui avait proposé de lui vendre de l'héroïne. Surpris, Sined n'avait pas accepté ; les choses en étaient restées là.

Ce fut aussi chez Fanette que Sined fit la connaissance de Pierre Chaunier. « Un drôle d'olibrius, guitariste, fou de littérature, coiffé avec ses boucles brunes qu'on eût dit artificielles, ou réalisées à l'aide de bigoudis », pensait le futur grand reporter.

Un après-midi de mars, ils avaient parlé longuement, attablés devant des bières.

— Quand je ne joue pas de la guitare, je passe mon temps à lire, lui avait confié le chevelu. Grâce à mon copain Tigrou, je viens de découvrir Henry Miller ; j'adore *Jours tranquilles à Clichy* et ses autres livres aussi. J'adore ce qu'il raconte sur sa femme June qu'il appelle parfois Mona ; je m'y perds un peu, mais c'est toujours bien. D'Henry Miller, je suis passé à Blaise Cendrars. Tu sais qu'il s'est battu dans la Somme, à Tilloloy, puis du côté de Frise ? Il raconte tout ça dans *La Main coupée*. Lis ça ! C'est magnifique, magique, merveilleux. Un mec courageux et quel écrivain !... Il détestait les Boches ; c'est pour ça qu'il s'est engagé dans un régiment d'étrangers dès 1914. Nous non plus, on ne les aime pas trop les Boches dans ma ville...

— C'est quoi, ta ville ?

— Tergnier, à vingt kilomètres d'ici, dans la vallée de l'Oise. Les Prussiens y sont passés trois fois : en 1870 d'abord, puis en 14-18 où ils ont presque tout rasé et ont commis des saloperies sur les civils ; et rebelote en mai 1940. Là, ils ont été immondes car Tergnier, ville cheminote et très rouge, était farouchement résistante. Ils ont raflé, massacré des jeunes mecs... Une horreur !...

— Je vois, s'était contenté d'ajouter Sined qui regardait le drôle de Chaunier bouger dans tous les sens.

Puis Chaunier était revenu sur sa passion pour la littérature.

— Je ne sais pas ce que je vais faire de ma vie, mais j'aimerais bien trouver par la suite un boulot où je puisse lire et écrire… Alors, je me dis que… peut-être…

— Peut-être quoi ?

— Peut-être que j'essaierai de devenir journaliste, dit-il, plus calme, presque timide, comme s'il avait avoué un désir inaccessible.

— Bonne idée.

— Oui, mais je ne connais personne dans le milieu. Je sais qu'il existe quelques écoles de journalisme, à Paris, à Lille, à Bordeaux, à Tours… Ça me tente bien, mais…

— Mais quoi encore ?

— Je me dis que ce n'est qu'un rêve, que les études de journalisme sont réservées aux fils de bourgeois. Moi, mon père est cheminot… simple employé à la SNCF.

Sined eut comme un pincement au cœur. Il se sentait dans la peau d'un nanti, lui, le fils d'un opulent notaire parisien. Il eût bien voulu aider le Chaunier à intégrer l'une de ces fameuses écoles, mais comment ? Lui non plus ne connaissait personne dans le milieu. En revanche, ce fut à la faveur de cette longue conversation que naquit dans son esprit l'idée de devenir reporter un jour. « Après tout, lui aussi adorait lire ; aimait bien écrire aussi... C'était également un bon moyen pour faire passer des idées. Des idées de gauche, de celles qu'on ne supportait pas dans sa famille... »

À la fin de leur discussion, ils avaient été rejoints par une jolie blonde, bouclée comme Chaunier, porteuse de lunettes rondes qui la faisaient ressembler à Janis Joplin.

— Je te présente Clara, ma copine, avait fait Chaunier.

Elle avait pris place et commandé un pastis. D'emblée, Sined avait senti en elle une distinction naturelle. « Certainement une fille de bourgeois », s'était-il dit. Il l'avait observée non sans gourmandise. Elle était grande, élancée, d'adorables petits seins pointaient sous l'étoffe légère de son chemisier d'apprentie hippie.

— Ce week-end, je vais à Paris ; je passerai dire bonjour à Denis Source, au *Gros Wallon*. Tu viendras avec moi, Chaunier ?

Elle l'appelait Chaunier, et non pas Pierre ; « comme Beauvoir disait Sartre, et non pas Jean-Paul », ce qui avait fait sourire Sined.

V

La tempête devient folle, menaçante, inquiétante. Au loin, on entend le tonnerre. Le moteur de la mobylette bleue est bouillant. À cause de la pluie qui dégouline, il fume. Brian passe devant une fermette, aperçoit l'antenne de télévision perchée sur le vieux toit, sourit intérieurement en se disant que son cyclomoteur est équipé d'un antiparasite agréé par l'ORTF. Il sent bien que *sa bête* n'en peut plus. Il décide de s'arrêter quelques instants sous une manière de grange. S'y trouve stocké un vieux poêle à charbon usagé.

Il songe au petit appartement qu'il avait loué, « pour une bouchée de pain », dans un immeuble situé rue de la Croix-Saint-Claude, à Saint-Quentin, en compagnie de son bon copain Marc Odysse. Il se souvient de l'odeur du bois pas toujours sec qu'ils allaient récolter dans les forêts avoisinantes. Une odeur particulière, à la fois douce et amère, « une odeur de Picon bière », avait dit un soir Marc, non sans poésie. Ce soir-là, de la bière, ils en avaient, mais pas de Picon. Ils burent quatre ou cinq canettes de Mutzig ; Brian sortit un sachet d'herbe, « de la colombienne », des feuilles de papier, et roula des joints ; ils fumèrent une bonne partie de la nuit.

C'était avec le bois « récolté » qu'ils se chauffaient, en 1973. L'hiver. Il faisait un froid agressif et sec. Du bois, il en fallait beaucoup. Il n'était pas rare, le matin, que de la glace recouvrît les vitres, même à l'intérieur de l'appartement. Un soir au cours duquel ils avaient trop fumé, Brian voulut allumer le poêle avec de l'essence. Ce dernier fit un bond de cinquante centimètres. Les deux garçons en furent impressionnés.

Brian revoit ce bon vieux Godin, certainement fabriqué à Guise, aux portes de la douce et verdoyante Thiérache. Les parents de Clara n'habitaient pas loin, dans leur manoir au bord de l'Oise. La jeune fille était alors pensionnaire de Sainte-Nadège, une institution religieuse située à deux pas de la belle maison de maître des parents de Tigrou, de Daniel et de Jean-Bernard. Il n'était pas rare qu'elle fît des fugues pour aller écouter de la musique dans des cafés qui fermaient tard. Une nuit, Brian et Marc Odysse l'hébergèrent dans leur appartement de la rue de la Croix-Saint-Claude. Ils aimaient son odeur de patchouli et celle de sa peau de presque rousse. Et son rire étincelant, sa voix grave, un brin ironique et distinguée de jeune fille bien élevée qui avait mal tourné. Son air d'être revenue de tout ; son regard de myope qu'elle portait sur le monde. On eût dit qu'elle pensait : « Je ne suis déjà plus tout à fait avec vous. »

Cette nuit-là, ils écoutèrent l'album *Broken Barricades*, de Procol Harum.

— Un chef-d'œuvre ! s'exclamait Clara en secouant ses boucles claires comme ses yeux. Presque aussi bien que les Doors...

Elle appréciait tout particulièrement le morceau « Simple Sister » qu'elle ne cessait de remettre sur l'électrophone.

— Pierre Chaunier joue le thème à la guitare merveilleusement bien ! précisa-t-elle, avant de prendre un air contrarié, ombrageux.

Et de poursuivre :

— Je crois que je ne vais pas tarder à le quitter. Il est bon guitariste ; il est gentil et pas mal avec ses longues boucles brunes. Mais je ne sais pas. Je me lasse. Il est si jeune... si jeune. Je voudrais trouver un mec plus mûr. Plus expérimenté.

Quelques semaines plus tard, elle mit son projet à exécution. Chaunier en fut malade. Il n'avait plus envie de jouer de la guitare, n'écoutait plus de musique, disait à qui voulait l'entendre qu'il allait s'engager dans l'armée, « pour oublier tout ça », ce qu'il ne fit pas grâce aux retrouvailles avec Delphine, son premier amour.

Ils accueillaient aussi parfois une autre fille, Virginie, qui résidait dans un village situé près du bourg de Clara. C'était une belle blonde, aux formes sensuelles. Était-elle amoureuse de Brian ? C'est probable. Elle disait apprécier ce garçon « capable de parler de tout, de n'importe quel sujet, de tout et de rien ; sa manière de parler très particulière avec une gestuelle incomparable », avait-elle avoué, quelques années plus tard, à Jean-Bernard, son nouvel amant qui était devenu médecin comme son père. « J'aimais son ton monocorde, sa grande bouche qui racontait des choses de la vie, une grande bouche sur un visage presque immobile mais dont les yeux pétillaient. Il parlait peu, toujours avec des mots simples mais très précis. C'était un haïku sur pattes ! »

Elle lui raconta aussi qu'elle l'avait hébergé à côté de chez elle, dans une dépendance aménagée ; ils se voyaient souvent. Comme elle fumait de l'herbe et du shit, elle lui avait proposé un joint. Il avait hésité car, à cette époque, il travaillait *Au Chaudron*, une brasserie qui se trouvait sur la place de l'Hôtel-de-Ville, à Saint-Quentin.

— Tu crois que je vais pouvoir bosser avec ça ? lui avait-il demandé.

— Ça dépend ; parfois, ça coordonne bien les mouvements ; tu fais les choses automatiquement, sans y penser, rapidement et avec efficacité…

Il était parti à son travail à la brasserie. Le soir, ils s'étaient retrouvés. Il avait l'air étrange, à la fois contrarié et amusé.

— Pour la coordination des mouvements, ça laissait à désirer, avait-il confié à Virginie. D'habitude, on sert les pommes de terre façon patates au feu de bois. On les fait cuire d'abord à l'eau ; on les passe au micro-ondes pour les réchauffer. On les emballe dans du papier aluminium et on les met dans une corbeille avant de les servir. Là, elles avaient déjà été cuites à l'eau ; je les ai emballées dans le papier alu et les ai mises au micro-ondes, un gros micro-ondes de restauration… Ça a fait « pow ! » (Il avait fait un grand geste.) Je l'ai bousillé.

Virginie se souvenait encore qu'au cours d'un retour à Saint-Quentin, il avait lourdement chuté avec sa mobylette bleue. Une sacoche s'était ouverte ; il s'était retourné pour voir s'il n'avait rien perdu. Il était couvert de gnons et de croûtes. Mais il disait que ça allait quand même. Avec Brian, ça allait toujours.

Marc Odysse racontait à Brian qu'il avait été le témoin involontaire d'une grosse bagarre ; elle avait opposé Jean-Bernard à Denis Source. C'était à la même époque, dans les années soixante-douze ou soixante-treize. La rixe avait eu pour cadre la grande maison des Pierre, Alain et Janine, le couple de bourgeois quinquagénaires organisateur des fêtes nocturnes, à Roupy, auxquelles ils invitaient des jeunes gens. Quelle en était la raison ? Cela restait flou. Marc avait cru comprendre que l'enjeu était une fille qu'ils convoitaient tous deux. Rapidement, Denis, plus corpulent, plus rapide, plus musclé, avait pris le dessus. Un combat à mains nues, « assez impressionnant », confiait Marc.

L'époque, réputée comme calme, « cool et peace and love », savait parfois se révéler violente et sulfureuse.

Brian eut vent que Jean-Bernard, à la recherche de dope, perpétrait des braquages de pharmacies en compagnie d'un de ses camarades de Chauny, Maurice Têtu, un artiste qui s'adonnait à la sérigraphie, la lithographie et la peinture sur toile. Maurice, par la suite, devint maquettiste dans une maison d'édition parisienne. Lui aussi fréquentait les petites fêtes des Pierre, à Roupy. Oui, l'époque était délétère : Maurice Têtu finirait par décéder, jeune ; à la suite de prise de médicaments, son cœur s'était arrêté, disait-on. Mais on disait tant de choses, en ces années-là, à propos de ces filles et de ces garçons qui n'hésitaient pas à expérimenter tant de choses, à goûter à tant de plaisirs dont certains pouvaient se révéler dangereux.

Quant à Jean-Bernard, interpellé à la suite des cambriolages dans les pharmacies, il écopa de trois ans de détention.

— Tous les mecs de notre bande sont morts, répétait-il. Moi, je vis toujours ; j'ai eu de la chance. On m'appelait « Le dernier des Mohicans ». Mais j'ai traversé des périodes horribles…

« *Les Ombres des Mohicans*, cela ferait un bon titre de roman », sourit Brian, sur sa mobylette bleue, perdu dans la tempête en pays du Diois…

E

Sined est toujours égaré dans ses pensées. Il repense sans cesse à Paul-Alain Léger qui aurait pu devenir son parrain. Que serais-je devenu si cela s'était confirmé ? M'aurait-il poussé à m'engager dans l'armée ?

— Non ! Quelle horreur ! laisse-t-il échapper tout haut.

Mauricette et Christophe interrompent leur conversation, l'observent, se demandent ce qui lui a pris, puis se remettent à parler.

— *L'armée ! Certainement pas...*

Patriote, son père, Maurice Toredid avait insisté pour qu'il effectue au moins son service militaire. Cela n'avait pas été simple. Au lycée Henri-Martin, tous les copains de Sined parvenaient à se faire réformer lors des trois jours. Nous étions au début des années soixante-dix ; Mai 68 n'était pas loin. Un courant pacifiste régnait dans l'esprit de la jeunesse, entretenu par l'hostilité à la guerre du Vietnam, cheval de bataille de certains groupuscules d'extrême gauche.

Pierre Chaunier lui avait raconté qu'un de ses amis, vieil étudiant qui détestait les militaires, était parvenu à échapper à la conscription en sautant au cou du sergent-recruteur, non pas pour l'embrasser, mais pour essayer de l'étrangler. Cela avait, dit-on, créé un certain émoi à la caserne de Cambrai, centre mobilisateur ; il avait écopé de quelques jours de « trou », puis avait été transféré vers le département psychiatrique d'un hôpital militaire où il avait séjourné trois semaines. À l'issue de cette expérience difficile, il avait été renvoyé dans ses foyers.

Sined, lui, avait subi la pression paternelle. Il avait passé ses trois jours au fort de Vincennes et avait effectué son année de service militaire au Centre mobilisateur d'Abbeville, planqué dans les bureaux, « à cause de votre niveau d'études », lui avait susurré, non sans douceur, un militaire. (Il ne savait pas que, devant le peu de motivation développé par son fils à l'endroit des choses militaires, Maurice Toredid était intervenu en haut lieu et avait bénéficié des relations de Paul-Alain Léger avec qui il était resté ami malgré le non-parrainage du jeune Sined.)

À la faveur de ses nombreuses permissions, il n'était pas rare qu'il ne regagnât pas Paris, préférant baguenauder dans la capitale du Ponthieu et à travers les villages du Marquenterre et du Vimeu. À Abbeville, non loin de la gare SNCF, il était tombé nez à nez avec un vilain monument de gris béton qui rendait hommage au martyre et au courage du chevalier de La Barre, François-Jean Lefebvre de La Barre, symbole de la libre pensée, condamné à mort pour blasphème et sacrilège par le tribunal d'Abbeville, puis par la Grand-Chambre du parlement de Paris. Le 1er juillet 1766, il fut soumis à la question ordinaire et extraordinaire, dut faire amende honorable, avant d'être écartelé, décapité puis brûlé. Il avait vingt ans.

Sined se passionna pour la vie et la mort de François-Jean Lefebvre de La Barre qui fut le dernier exécuté pour blasphème en France. Il profita du temps libre que lui laissait son statut de soldat privilégié pour se documenter sur celui qui, au fil des mois, devint en quelque sorte son héros. Il ne cessait de se promener chaussée Marcadé, devant l'ancien couvent dirigé par Anne Marguerite Feydeau, abbesse de l'abbaye Notre-Dame de Willencourt, tante de La Barre qui les avait recueillis, lui et son frère aîné Jean-Baptiste.

Il rêvait, rêvait ; se souvenait que Voltaire avait pris fait et cause pour le jeune homme, victime à la fois de la religion, du pouvoir royal mais aussi et surtout d'un procureur qui convoitait l'abbesse qui lui refusait ses faveurs – l'homme de loi, cruel et mesquin, avait trouvé là un bon moyen de se venger.

« Tout cela contribua à modeler ma conscience de gauche », pense Sined, non sans emphase.

*

Il est sorti de ses pensées par un cri, puissant, aigu ; celui de Mauricette :

— Fichez-moi la paix ! Lâchez-moi ! Quelle horreur !

Devant lui est en train de se dérouler une scène étonnante. Le gros vigneron, sosie d'Henri Beyle, est revenu à la charge. Complètement saoul, il s'était rendu en titubant vers Mauricette, l'avait d'abord prise par le bras, puis par la taille, et lui avait murmuré des invitations graveleuses au creux de l'oreille. D'où le cri.

— Fais quelque chose, Sined, je t'en prie ! Défends-moi avant que ce porc ne s'attaque à ma chartreuse !

Comme toutes les femmes équipées d'un bon tempérament, Mauricette trouvait le moyen de s'adonner à l'humour en presque toutes les situations, même les plus critiques.

Mais Sined ne bouge pas ; il continue de contempler la scène de ses yeux de musaraigne. Henry Beyle est passé à la vitesse supérieure : il caresse les seins de la rousse.

— Mais arrêtez, espèce de vieux cochon ! Et toi, Sined, fais quelque chose !

— Mais je suis pacifiste ! répond-il, un peu confus.

Lorsque le sosie de Stendhal est sur le point d'arracher la bretelle droite du soutien-gorge de la belle, Christophe, le maigrelet Christophe, intervient et bouscule le vendangeur.

— Ça suffit, vieux dégueulasse ! Lâche-lui la grappe ou je te pourris ta face de rat !

Henri Beyle ne demande pas son reste et met les bouts.

— Merci beaucoup, mon petit Christophe ! C'est très gentil. Sans vous, je ne sais pas ce qui me serait arrivé... (En prononçant cette dernière phrase, elle ne peut s'empêcher de couler un regard plein de reproches sur le grand reporter.)

Ce dernier ne sait plus quelle attitude adopter.

— Oui, merci beaucoup, Christophe ! C'est très bien ce que tu as fait. Merci...

De plus en plus gêné, Sined se met à se tortiller sous l'appentis. Il regarde le ciel ; il pleut toujours à seaux.

— Au fait, Christophe, je crois que tu remontes dans la montagne.

— Exact, oui.

— Tu veux qu'on t'y conduise à bord de ma Berlingo ?

« Mais quel crétin ! maugrée intérieurement Mauricette. Décidément, il veut ramener tout le monde, ce soir... »

Elle repense à Brian. Et sa libido se remet en branle. Et pour satisfaire cette libido, il n'y a pas trente-six solutions : le grand reporter a beau être pacifiste, il n'en demeure pas moins homme et pas mauvais amant. Mais celui-ci insiste, insiste à en devenir ridicule :

— Accepte, je t'en prie ! Ça me ferait tellement plaisir ; et ce sera pour moi l'occasion de te remercier d'avoir si bien défendu Mauricette.

« Le con ! Mais qu'est-ce qu'il est con ! On ne va tout de même pas faire un plan à trois. En plus, ils se ressemblent tellement que j'aurais l'impression de coucher avec le père et le fils ! Quelle horreur ! »

— Non, c'est gentil, Sined, mais Christian a déjà proposé de me ramener.

« Ouf! », soupire Mauricette.

— On y va, Sined? Il se fait tard et le temps n'a pas l'air de s'arranger. (L'envie du câlin se fait pressante.)

— D'accord!

Ils montent à bord de la Berlingo Citroën qui démarre sous la tempête.

Soudain, Mauricette aperçoit une vieille grange abandonnée sur le bas-côté. Un poêle à charbon usagé s'y trouve à l'abri. Cette source de chaleur, pourtant éteinte pour toujours, lui plaît, la rassérène, l'excite. (Mais qu'est-ce qui n'exciterait pas Mauricette en ces instants de désirs irrépressibles?)

— On s'arrête là, Sined, sous la grange?

Le pacifiste reçoit le message cinq sur cinq. Il arrête la Berlingo; ils foncent sous la grange. Immédiatement, Mauricette sent que l'endroit vient d'accueillir des forces positives; des forces qui lui font du bien. Celle d'une présence désirée.

Elle enlève sa robe, se couche sur la paille; il la rejoint.

— Viens! implore-t-elle. Viens vite! J'ai tellement envie!...

VI

La tempête se calme un peu. Un peu seulement. Brian hésite à retirer son casque car, à cause de lui, de l'eau dégouline dans son cou, traverse sa chemise et dévale le long de sa colonne vertébrale. Ce n'est pas agréable ; pas désagréable non, il en convient. Étrange car la pluie est froide, presque glacée. « Comme quand les copains du quartier de Remicourt fourraient un orvet à l'intérieur de mon maillot de corps », pense-t-il, avec cette ironie chaude, souriant outil susceptible d'atténuer la froidure de l'eau et du supposé orvet. Il croise une voiture qui roule à vive allure. Il décide de garder son casque. On ne sait jamais…

Sage, il ne l'était pas quand il travaillait comme barman au *Gros Wallon*, le bar près de Beaubourg où Denis Source, le tenancier, l'avait embauché. « Travailler ? Non, le terme est trop doux, pense-t-il. Trimer, plutôt. Courir tout le temps, partout, interpellé par des clients souvent complètement bourrés ou totalement défoncés. » Il fallait faire vite, très vite. Tout au cœur de la nuit, ces gens avaient soif. Rapidement, Brian utilisa la coke comme carburant. C'était simple d'accès (les dealers, nombreux dans la brasserie, proposaient le produit comme ils eussent proposé de l'aspirine à des migraineux), efficace, mais très cher. Alors, pour pouvoir continuer à en acheter, il lui fallait gagner plus d'argent ; ce qui signifiait qu'il devait travailler plus, ailleurs, quatre ou cinq heures en sus dans d'autres bars, clubs ou restaurants de Paris où il remplaçait, au pied levé, une serveuse ou un serveur défaillant, épuisé, au bord du malaise et de la rupture.

Déjà l'époque était impitoyable, exigeant des salariés – minuscules éléments du lumpenprolétariat –, de la performance, du silence, de la docilité. La révolte, tous la possédaient mais ils la gardaient bien nichée tout au fond d'eux-mêmes. Ceux qui se laissaient aller à l'exciper devant leurs supérieurs hiérarchiques, devant leur patron, s'entendaient répondre :

— Si tu n'es pas content, tu te casses ! Il y a dix mecs qui attendent à la porte et qui rêvent de prendre ta place.

La coke servait à encaisser tout ça. Il n'avait fallu que six mois pour que Brian devînt dépendant. Lui qui, jusqu'ici, s'était montré raisonnable avec la dope (quelques joints d'herbe ou de shit de temps en temps, rien de plus) regardait son état empirer avec étonnement. Inquiet ? Non, même pas. Surpris ? Oui, plutôt. Pour se rassurer, il se disait qu'il n'avait pas le choix. Et puis, au fond, bosser au *Gros Wallon* restait une chance, une opportunité. Son copain Denis Source était un bon patron, certes exigeant (ils l'étaient tous), mais demeurait humain. Et puis, il était drôle, séducteur, hâbleur comme un Blaise Cendrars à la descente du Transsibérien au retour d'une lointaine Russie où, disait-on, il n'avait peut-être jamais mis les pieds.

Lorsqu'il parvenait à s'octroyer une pause, le temps d'une cigarette, Brian adorait l'observer. Il riait fort, agitait sa crinière cannelée, cascade de boucles de jais qui entouraient un visage avenant, aux traits à la fois durs et innocents, presque enfantins, avec, dans le regard, quelque chose d'infiniment triste, perdu, comme suppliant qui convoquait la compassion auprès de ses interlocuteurs. Surtout de ses interlocutrices qui, bien souvent, s'abandonnaient à son charme et finissaient dans son lit. D'où provenait la fêlure qui minait – tel un champignon délétère rongeant l'intérieur d'un saule – Denis Source ? Brian s'était longtemps posé la question. Un soir (alors que Denis était mort depuis plusieurs années, victime de l'héroïne et du sida), à la faveur d'une fête de retrouvailles dans l'accueillante maison de Virginie, située aux portes de la Thiérache, Jean-Bernard lui avait fourni un début d'explication :

— Son père supposé, le boucher, n'était pas son géniteur. Son vrai père, c'était un notable de la ville. Quand il l'a su, il a voulu le rencontrer ; ça s'est très mal passé. Denis en a été meurtri. Sous ses allures de matador et de macho, il était sensible, fragile. Un peu comme moi…

Et les yeux de Jean-Bernard se perdaient dans les flammes du foyer de la cheminée de la maison de Virginie. Il n'était pas encore tout à fait « le dernier Mohican » de la bande, certains copains d'excès, de beuveries, de cambriolages, étaient, certes, encore de ce monde, mais lui aussi se sentait souvent fragile, perdu.

— Au sein de ma famille aisée, j'étais considéré comme le mouton noir, répétait-il à l'envi. J'étais l'aîné. Pour moi, mon père était un dieu. Mais j'étais rebelle ; je me bagarrais beaucoup. Il avait fini par me mettre en pension ; je n'écoutais rien…

Elle se trouvait si loin de Saint-Quentin, cette pension tenue, dirigée plutôt, par des religieux catholiques. Dans un village de Seine-et-Marne. Le collège avec un parc aménagé au XVIIIe siècle et un internat créé au milieu du XVIIe. Il revoyait le haut portail de pierre blanche, avec, sur la gauche, la porte qui semblait minuscule et qui donnait sur la loge du concierge. Quand il apercevait ce portail – les dimanches soir, juste avant de revenir à l'internat après deux jours de répit –, une sueur glacée imprégnait ses sous-vêtements. Il appréhendait la sévérité des jésuites, parfois leur brutalité, notamment quand les mots d'anglais ne s'inscrivaient pas assez vite dans les cerveaux juvéniles de ces petits Français de bonnes familles des Trente Glorieuses. Les drôles de regards de certains prêtres sur leurs bras dénudés, au printemps, sur leurs nuques… Et ce club de « La petite bouteille », fondé par des élèves internes un peu plus rebelles, un peu plus hardis, et auquel les derniers arrivés, les plus jeunes, se devaient d'adhérer sous peine de représailles. Jean-Bernard n'eut pas le choix. L'étrange communauté se retrouvait une fois par semaine, les jeudis, jour de repos, dans les vestiges d'un manoir en ruine, à l'abri des regards indiscrets. Et toujours ce même rite d'initiation, de passage, pour les nouveaux. Le chef, surnommé L'Immense maître, un « grand » de première littéraire, aux yeux fixes et noirs, aux joues grêlées, au front boutonneux, fils d'un propriétaire terrien du Valois, sortait la bouteille, la tendait à l'impétrant ; il devait y abandonner sa semence après s'être isolé dans le cabinet de réflexion. Le postulant revenait, les mains tremblantes et confiait la fiole à L'Immense maître, qui observait la substance laiteuse ; puis, il la passait à ses subordonnés qui faisaient de même. Jean-Bernard avait été l'un de ces jeunes impétrants, en septembre ou octobre 1964. Cela l'avait marqué. Comme avait été marqué Denis Source lorsqu'il s'était entretenu pour la première fois avec son vrai père. Il faut peu, parfois, pour que le ver de la fragilité s'instille à jamais dans le corps et l'esprit de celui qui tentera, malgré cela, de devenir un homme.

Lieu de rendez-vous de nombreux expatriés de l'Aisne devenus parisiens, *Le Gros Wallon* était aussi fréquenté par des célébrités. Il n'était pas rare que les comédiens Pierre Clémenti, Victor Lanoux et Denis Lavant vinssent y prendre un verre, souvent tard dans la nuit. Brian les servait. Il avait sympathisé avec Clémenti qui, comme lui, possédait des origines modestes.

Il discuta également à plusieurs reprises avec Denis Lavant, qui l'impressionnait tant avec son regard sombre. S'il avait disposé de plus de temps, de moins de pression professionnelle, il eût souhaité leur poser d'autres questions, s'intéresser à leurs parcours, à leurs carrières. Mais non : impossible. Il devait se faufiler entre les tables pour parvenir à ne pas faire attendre les gosiers asséchés des clients.

Plusieurs fois, toujours la nuit, il vit arriver Clara. Elle se jetait dans ses bras, puis dans ceux de Denis Source. Brian les observait. Elle, grande fille aux boucles d'un blond de farine de blé semi-complète, presque roux, paraissait menue à côté de Denis, force de la nature. Une fois, il la souleva comme il eût soulevé une enfant. La belle riait aux éclats, poussait des cris de joie, dispensait des paroles que Brian, à cause du brouhaha, ne parvenait pas à comprendre. Il se contentait de percevoir le grain de sa voix grave, distinguée ; celle d'une fille de bonne famille qui s'était échappée du carcan familial et provincial pour vivre des expériences diverses, chahuteuses, folles. Parfois délétères. À ce moment-là, Clara était déjà tombée dans l'héroïne ; Brian le savait. Comment cela avait-il pu se produire ? Un amant déjà intoxiqué ? Un penchant naturel pour le

« toujours plus » ? Brian, qui se contentait de la cocaïne et n'avait jamais franchi le pas vers la dope dure, ne comprenait pas. Il regardait ces deux belles ombres s'agiter sur les rives incertaines d'un lac sournois, lors de la bonace d'une nuit sans lune ; un lac presque fauve prêt à sortir ses griffes et à avaler pour toujours ces spectres gazelles dont les silhouettes s'évanouissaient au petit jour. Brian ne se doutait pas que les deux ombres virevoltantes qu'il observait, cette nuit-là, se déliteraient, deux ou trois ans plus tard, pour toujours dans la chaux du vide silencieux de l'univers. Tous deux tués par le sida.

À cette époque, il profitait de ses rares jours de congé pour se rendre dans l'Aisne, aux portes de la verte Thiérache, tantôt chez Virginie et son amant Jean-Bernard, tantôt chez Annie et Frédéric, un couple d'enseignants bienveillants et calmes. Les deux couples faisaient pousser un peu d'herbe dans leurs jardins bien protégés des regards indiscrets. Les nuits étaient douces, animées de discussions autour de la musique et de la littérature. Les noms de Jack Kerouac, Richard Brautigan, Henry Miller, Anaïs Nin, June Miller, dite Mona, Alfred Perlès se posaient, papillons de nuit, sur la rumeur de cette campagne tissée avec les cris des animaux des fermes avoisinantes, les hululements des oiseaux nocturnes et les bruissements aqueux des remous de la jeune Oise... Brian se disait qu'il les aimait aussi, ces nuits-là, provinciales, rassurantes, rassérénantes; il se demandait s'il avait bien fait de les quitter pour le ventre d'un Paris qui grouillait de rongeurs aux yeux hallucinés.

F

Sined a bondi sur Mauricette comme un lion eût bondi sur sa lionne; cela ne lui ressemble guère. Pourtant, il agit ainsi, poussé par le désir, l'envie de ce corps magnifique, légèrement potelé, velouté, au ventre doux comme celui d'une merlette. Mauricette, elle aussi, poussée par la montée de ce qu'elle retenait depuis plus d'une heure, met du sien dans leurs ébats. Résultat: ceux-ci sont de courte durée. Trois ou quatre minutes, tout au plus, et Sined lâche ce qu'il avait à formuler, laissant sa maîtresse dans un état de frustration tel qu'elle ne peut s'empêcher de lui en faire la remarque.

— Un peu court, Sined, je suis désolée de te le dire.

— Pardon! répond le grand reporter en fermant les yeux.

Elle laisse traîner les siens sur les vieux murs de torchis, jaunis comme les doigts d'un fumeur de Gitanes maïs, sur le poêle, usagé et inutile ; dans le fond, elle aperçoit le soc rouillé d'une charrue. Elle pense au travail, à sa vie, à celui de secrétaire de direction qu'elle a abandonné pour vivre au côté de Robert, son doux et si compréhensif mari.

— Ça doit être l'émotion, tente-t-il de se justifier.

— Quelle émotion ?

— Enfin, tu ne te souviens déjà plus ? Ce porc qui a failli te violer... C'était affreux pour moi, cette situation.

— Pour moi, tu crois que ce n'est pas affreux, peut-être ? Et tu n'as pas bougé d'un pouce.

— Que voulais-tu que je fasse ? Je suis pacifiste, je t'ai dit.

— On va finir par le savoir que tu es pacifiste. La belle excuse !... Et si le gamin n'avait pas été là, le Stendhal n'aurait fait qu'une bouchée de moi...

— Ah, non ! Certainement pas. Cela ne se serait jamais produit. Je ne l'aurais pas laissé te violer, tout de même !

— Et tu t'y serais pris comment, je peux le savoir ?

— J'aurais parlementé, discuté ; je serais parvenu à le convaincre de ne pas agir ainsi, comme une brute. « L'homme est tel qu'il se crée », disait je ne sais plus quel philosophe.

Elle éclate de rire.

— Tu aurais donc tenté la voie diplomatique avec un ivrogne, un mec totalement *michighané* ! Mon pauvre ! Mon pauvre ami !...

— Ne sois pas cruelle, s'il te plaît ! J'ai assez morflé avec cette histoire. Je suis à la fois terriblement tendu et terriblement exténué. Tu ne pourrais pas me faire un massage ?

— Un massage ?

— Oui, juste un petit massage ; ça me ferait tellement de bien.

Elle le contemple. Il a toujours les yeux fermés, presque nu et « la nuque baignant » non pas dans « le frais cresson bleu » mais dans la vieille paille sèche maculée de terre poudreuse et de poussière d'escourgeon. Elle le trouve tellement ridicule qu'il en devient attendrissant.

— Bon, si ça peut te faire plaisir !

Elle sort de son sac un flacon en verre contenant une pâte très blanche, manière de crème fraîche entière parfumée à la lavande ; elle en applique une noisette dans le creux de la paume de sa main droite.

— Retourne-toi, s'il te plaît !

Il s'installe sur le ventre ; elle commence à lui masser le dos.

— Oh, que ça fait du bien ! ronronne le sensuel et pacifiste journaliste. Tu es la reine du massage, Mauricette. Robert a déjà dû te le dire ?

— N'en fais pas trop ! Je ne masse jamais Robert ; je ne le lui ai jamais proposé, et je pense qu'il refuserait car il trouverait ça dévirilisant.

— C'est un peu un homme du monde d'avant, du monde ancien. Il n'est pas moderne.

Elle ne l'écoute déjà plus ; elle masse mécaniquement cette chair ferme et brune d'ex-enfant gâté. Elle se dit qu'elle pourrait être en train de masser les épaules de Brian si elle avait pris la peine d'insister. Une bouffée de désir monte à nouveau en elle.

Elle cesse son massage, se couche sur le dos, ferme les yeux à son tour, plonge une main dans sa culotte toujours trempée.

— À toi de jouer, maintenant ! dit-elle en lui prenant la main ; celle-ci est flasque comme le cou d'un canard mort.

Le grand reporter s'est assoupi.

Alors, elle prend la décision de se donner du plaisir et d'aller jusqu'au bout.

*

Leur séance de repos n'a duré que quelques minutes.

— On y va ! ordonne Mauricette.

Il a les yeux du sommeil comme un enfant de cours préparatoire réveillé par sa mère à 7 heures.

— Mais tu as vu le temps ? Laissons passer la tempête !

— Il n'en est pas question. Cet endroit commence à me déprimer.

Ils courent jusqu'à la voiture ; Sined démarre, silencieux.

Il repense à l'agression que vient de subir Mauricette.

« J'ai une nouvelle fois manqué de courage », reconnaît-il intérieurement. Il se souvient d'une histoire que lui avait racontée Pierre Chaunier, chez Fanette, devant un verre de Casanis. C'était un samedi matin. Le Ternois se trouvait sur le quai de la gare de Saint-Quentin ; il y attendait son autorail qui devait le ramener à Tergnier.

Un train express en provenance de Reims venait de s'arrêter. Michel en descendit ; il était le fils de la station-service qui, à cette époque lointaine, se trouvait encore en face du *Café des Bals*. C'était un grand blond d'une trentaine d'années, la peau très pâle, le regard bleu et torve. Chaunier le connaissait un peu. Il marchait lentement sur la cendrée sanguine du quai, en traînant les pieds ; il avait l'air fatigué.

— Salut ! fit-il quand il fut à la hauteur de Pierre.

Il avait employé un ton sec, peu amène.

— Salut !

Il s'arrêta ; il voulait discuter.

— Surtout, ne dis à personne, tu m'entends, à personne, que tu m'as croisé sur ce quai !

Cette fois, le ton n'était pas seulement peu amène ; il était directif, autoritaire, presque menaçant.

Chaunier n'avait pas beaucoup aimé que Michel lui parlât ainsi. Certes, il était son aîné, mais cela n'était pas une excuse.

— Et je pourrais savoir pourquoi je suis censé ne dire à personne que je t'ai croisé sur ce quai ? lui répondit-il, non sans aplomb, du tac au tac.

— Ça, je ne te le dirai pas. Mais je te le répète, ne dis à personne, mais vraiment à personne, que tu m'as vu sur ce quai.

Il avait l'air de plus en plus menaçant.

Chaunier continua à faire part de son étonnement. Une discussion houleuse s'ensuivit.

« Ce jour-là, Pierre Chaunier avait fait preuve d'un certain courage », convient Sined. « Il ne s'était pas démonté ; il devait être habitué à se trouver confronté à ce type de situations dans sa ville cheminote et ouvrière où dans les bals et surboums, les rixes étaient fréquentes. »

Une quinzaine de jours plus tard, Pierre aperçut Michel ; il était accoudé au comptoir devant un demi. Il ne le salua pas et ne cessait de le regarder avec des yeux perçants, presque méchants. Un autre jour, toujours au *Café des Bals*, il l'aperçut en grande discussion avec les deux artisans charpentiers qui traînaient derrière eux une réputation sulfureuse. On disait qu'ils appartenaient à la mystérieuse Association 35 ; ils parlaient à voix basse et ne cessaient de se retourner pour être certains que personne ne les écoutait.

Pendant plusieurs mois, Chaunier surveilla les journaux ; il se demandait ce qu'était allé faire Michel à Reims. « Certainement quelque chose de grave, voire de très grave », se disait-il.

VII

Les trombes d'eau redoublent; le vent se fait plus fort, presque froid. Brian frissonne. Il s'arrêterait bien pour prendre les gants qui se trouvent dans les sacoches de son engin. Non: quelque chose lui dit qu'il doit rouler, rouler encore. Il a l'impression de la combattre en duel, cette tempête; il n'a pas l'intention de perdre cette lutte contre les éléments. Nouveau frisson. Il pense au beau temps qui, il y a peu, caressait le pays du Diois. Le soleil. Le soleil de l'Afrique, faute de lui réchauffer le corps, lui réchauffe l'esprit.

Il y était parti, en 1980, avec son ami Marc Dolysse. Pour amortir les frais du voyage, en septembre, ils avaient vendu des pralines sur les plages d'Argelès et des environs. Ils avaient ensuite pris le train et le bateau jusqu'à Oran. De là, un car les avait amenés à In Salah, « l'endroit le plus chaud, juste avant le désert », se réjouissait

Marc. Un couple d'Allemands les prit en stop à bord de leur camion Man; ils avaient l'intention de le revendre en Afrique. Le voyage ne fut pas simple. Le gros véhicule ne cessait de s'ensabler; son carburateur s'était cassé. Ils étaient bloqués sur place. Alors, Brian, toujours positif et plein d'allant, décida de partir avec la pièce pour la faire réparer à Agadez, au Niger. Resté sur place, Marc commençait à se morfondre. Il décida de rejoindre Brian, fit de l'autostop; un convoi de pères blancs (des Blancs d'Afrique du Sud), s'arrêta et lui donna la bénédiction. Parvenu à Agadez, il retrouva son copain cyclomotoriste qui, tout joyeux, était parvenu à faire réparer le sacré carburateur. Retour auprès du couple d'Allemands; installation de la pièce défaillante; nouveau départ. Mais le fichu carburateur se brisa de nouveau. Que faire? On le sait, nos bons amis d'outre-Rhin sont pleins de ressources et d'énergie. Ils sautent au-dessus des obstacles comme au-dessus des frontières. Surtout des nôtres. L'Allemand appela sa maman qui fit le voyage, lestée de la fameuse pièce. Brian et Marc abandonnèrent alors le couple de Teutons et leur camion Man, grimpèrent dans un train qui les amena à Bamako, au Mali, puis à Abidjan, en Côte d'Ivoire. Là, les deux jeunes gens furent très étonnés d'apercevoir de nombreuses chauves-souris dans les arbres. L'Afrique leur réservait des surprises ; ils n'avaient rien contre. À Bamako, une dame confia son bébé à Brian et se sauva. Pour ne plus jamais revenir. Que faire du petit ? Ils contactèrent le chef de gare qui – peu étonné de la chose – le prit en charge. Un peu plus tard, Marc contracta une hépatite A ; sa peau ressemblait à celle d'un citron cédrat. Il lui fallait faire quelque chose. Mais, à cette époque, se faire soigner à Abidjan relevait de la gageure. Il dut se coucher devant la porte de l'hôpital pour avoir gain de cause. Devant son obstination, les médecins acceptèrent de l'hospitaliser et de le soigner. Enfin sorti frais et dispos, il retrouva son ami Brian. Ils errèrent quelques jours à Treichville, le quartier des Africains d'Abidjan. Agréables balades, solaires découvertes. Mais l'argent vint à manquer. Ils firent connaissance de Français qui les hébergèrent. Souci : Serge, le mari, n'aimait guère dormir ; il se levait à 5 heures du matin, mettait la radio à fond. Difficile à supporter. Un soir, Serge, joyeux, les invita au restaurant. Bonne idée, sauf que Marc sortit de l'établissement complètement malade. Serge possédait des relations. Il mit les deux garçons en contact avec Raymond, un Ivoirien débonnaire. Entre eux, ça se passait bien ; très bien. Raymond proposa à Brian de résider dans une petite maison, et lui dégotta même un emploi *Chez Tonton Léon*, un restaurant de plage de Grand-Bassam, ville historique, ancienne capitale de la Côte d'Ivoire, située à une quarantaine de kilomètres d'Abidjan. Pendant ce temps, Marc se reposait, récupérait de son hépatite. Quand il se sentait mieux, il partait en compagnie de Raymond rendre visite à Brian, à Grand-Bassam. Un soir, à leur retour, ils retrouvèrent la maison, dans laquelle était hébergé Brian, totalement vidée de ses meubles et de ses objets. Raymond comprit tout de suite ce qui s'était passé.

— Le salaud ! hurla-t-il, encore un coup du boy ! (Il employait un Ivoirien d'une autre ethnie pour s'occuper du jardin.)

Puis, se radoucissant et en apercevant le jardinier-cambrioleur qui, au loin, traversait la lagune :

— Il est fort, quand même ! conclut-il, admiratif.

Brian et Marc estimèrent que Raymond, issu de la classe moyenne, possédait « un côté colon » …

Rétabli, Marc postula auprès de la Direction de l'enseignement d'Abidjan. On lui trouva un poste d'enseignant à Man, une grande ville à la frontière avec le Libéria. Il reparla longtemps du voyage qu'il dut effectuer pour y aller ; à bord d'un avion à hélices brinquebalant, l'hôtesse de l'air, terrorisée, claquait des dents. (Jamais, l'aéroplane ne fut en mesure de voler droit ; les passagers apprirent à l'arrivée qu'un problème à une hélice était à l'origine des désagréments.)

D'autres surprises, sources d'étonnement et d'inquiétude, les deux jeunes hommes en connurent en Afrique. Un jour, un Ivoirien proposa à Marc de l'initier à la chasse au lion ; il déclina, un brin amusé. On leur conseilla de ne pas se balader sur les ponts, la nuit. Ils se demandèrent bien pourquoi, sans pour autant penser au pire...

Un après-midi tranquille au cours duquel ils se reposaient dans des hamacs, ils virent passer sous eux un serpent de belle taille. Effrayés, ils lui jetèrent des cailloux, mais l'animal, belliqueux, leur faisait face. Heureusement pour eux, le Français qui les accueillait leur conseilla avec force et vigueur de cesser le *caillassage*, de ne plus bouger et de ne plus parler. Ce qu'ils firent. Et la bête ensanglantée passa son chemin, attaquée par les fourmis, minuscules vampires qui profitaient de la sanguinolente situation.

— Il n'en a plus pour longtemps, sourit le Français.

Une autre fois, ils furent interpellés et entourés par une bande de gamins, tonitruants, excités.

— Venez avec nous ! On va vous faire voir votre frère...

Brian et Marc se demandaient bien ce qui les attendait. Ils ne purent s'empêcher de rire quand les gosses les entraînèrent un peu plus loin où se trouvait un jeune Ivoirien albinos.

Bientôt, Brian qui avait peu travaillé, se retrouva sans un sou en poche. Marc, qui avait été payé pour son travail d'enseignant, lui donna de l'argent pour qu'il puisse revenir en France. Car leur décision était prise : après un an de pérégrinations africaines, il leur fallait rentrer. Brian se remit en route en autostop ; il refit « la piste », comme il aimait à le dire. Marc prit l'avion et atterrit en France, « complètement paumé », confia-t-il un peu plus tard à son camarade.

À leur retour, ils se rendirent d'abord dans la Drôme pour aider Claudette, la jeune sœur de Brian, et son compagnon à restaurer la bergerie dont ils venaient de faire l'acquisition. Puis, ils bourlinguèrent quelques mois à La Réunion.

Revenu en France, Brian reprit la route pour se rendre à Bruxelles où il travailla comme serveur dans une grande brasserie de la rue des Bouchers, non loin de la Grand-Place de la capitale belge.

La Belgique : si importante pour lui. Car, un peu plus tard, ce serait au *Gros Wallon* qu'il officierait. L'Afrique et le Maghreb comptèrent tout autant pour l'homme à la mobylette bleue. Là-bas, il était dans son élément, « dans son jus ; il goûtait enfin à la liberté qu'il ne cessait de rechercher », disait souvent son ami Marc, son grand ami Marc. Ce dernier reprit alors ses études de lettres et de cinéma à Censier, à Paris.

L'Afrique, déjà, leur semblait lointaine ; jamais ils ne l'oublieraient...

G

Sined tient le volant d'une main ; une façon pour lui de faire croire à Mauricette qu'il est décontracté et que l'incident avec Henry Beyle est déjà oublié. Il n'en est rien ; le grand reporter est tendu, contrarié. Plusieurs raisons à cela : le fait qu'il n'ait pas pu satisfaire sa maîtresse, et surtout, surtout, son attitude assez pitoyable devant l'agression de l'ivrogne à l'endroit de la jeune femme.

« Je suis assez minable au fond... », gamberge-t-il tout en contemplant le paysage détrempé. Et cette pluie qui ne cesse de tomber finit par l'agacer. « C'est bien la peine de venir dans le Sud pour y trouver un temps pareil... »

Il repense à Brian qui doit rouler sous l'averse sur sa mobylette bleue. « Une mobylette de fils de prolétaire. Je ne suis même pas parvenu à le convaincre de monter dans ma grosse voiture de fils de bourgeois. Là encore, je n'ai pas été très brillant. »

Mauricette aussi pense à Brian ; elle le plaint de braver la tempête sur son engin. En même temps, elle l'admire. « Ce n'est pas Sined qui aurait eu le courage de faire ça… Brian, lui, est courageux ; courageux sur tous les plans. »

Sined se souvient maintenant un peu mieux de sa rencontre avec Brian, au *Gros Wallon*. Denis Source, le patron, passait un disque de Jimmy Reed. Ils s'étaient mis à parler de ce bluesman que tous deux appréciaient.

— J'adore le blues, le rhythm'n'blues, la musique noire en général, avait confié le journaliste.

— Moi aussi, j'adore la musique noire. C'est aussi pour ça que j'ai voulu aller en Afrique il y a quelques années. J'y suis allé avec mon meilleur copain. C'était super !

Sined revoit la scène. Brian, debout devant lui, tenant un plateau encombré de verres de la main droite. Il pivote sur un pied comme l'eût fait un héron ou une cigogne, tout en poursuivant la conversation. Soudain, le patron, Denis Source, le hèle.

— Brian ! Tu n'es pas là pour tailler la bavette ! D'autres clients attendent.

Sined s'était senti légèrement gêné et malheureux. Brian l'avait quitté en s'excusant et foncé vers une autre table où l'attendaient des clients. Il continuait à l'observer. Bientôt, il s'était dirigé vers le comptoir pour s'entretenir avec Denis Source. Le ton avait l'air d'être vif.

« Qu'est-ce qu'ils peuvent bien se dire ? », songeait Sined. Le brouhaha était trop intense ; ce qu'ils se disaient, le futur reporter ne le saurait jamais.

En fait, Brian faisait savoir à Denis qu'il était exténué et qu'il avait besoin de carburant, de coke en quelque sorte. Le patron de bar lui avait révélé qu'il n'en avait plus en stock. « No coke en stock », eût plaisanté Baron, fan de Tintin et qui ne manquait pas un bon mot. Le jeune barman s'était énervé, puis s'était repris car il tenait à ce travail.

— Et tu en auras quand ? s'était inquiété Brian.

— Demain ou après-demain, si tout va bien.

— C'est long, beaucoup trop long ; je ne tiendrai pas à ce rythme-là !

— Je fais ce que je peux ; je ne suis pas fabricant de cocaïne.

— Je comprends, mais alors, laisse-moi discuter de musique quelques secondes avec un client, s'il te plaît !

Denis s'était retourné en haussant les épaules. Et Brian s'en était allé servir les clients qui l'attendaient.

*

Mauricette observe Sined, toujours silencieux.

— Tu n'es pas très bavard aujourd'hui, lui fait-elle remarquer. Toujours dans tes pensées ?

— Toujours dans mes pensées, oui...

— Tu penses à Stendhal ou à Brian ?

— À Brian. À son travail aussi.

Mauricette, à son tour, pense à son travail d'antan.

Elle se revoit trois années plus tôt, assise à son bureau, propret et terne, d'une entreprise de travaux publics de la banlieue parisienne. Elle résidait alors à Paris. Elle n'aimait pas son emploi, sa monotonie, sa routine déprimante. Mais elle n'avait pas le choix : il lui fallait être en mesure de régler le loyer de son appartement du boulevard Voltaire, proche de Nation. Elle aimait son quartier, les gens qui le peuplaient ; elle s'y était fait des amis chers.

Son diplôme de gestion des ressources humaines en poche (à l'issue d'une formation à l'École des métiers de l'entreprise et du commerce du campus sud seine-et-marnais Pigier à Melun), elle avait trouvé un poste de secrétaire de direction dans cette société de travaux publics. Elle s'y ennuyait ferme ; un travail purement alimentaire. Elle n'avait qu'une hâte : dès 17 h 30, remonter dans le train, arriver en gare de Lyon et retrouver ce Paris qu'elle aimait tant. Dans la capitale, elle sortait beaucoup, courait les boîtes de nuit, assistait aux concerts de rock, collectionnait les jeunes amants de passage et d'à peine dix-huit ans, qu'elle croquait, juvéniles fruits pulpeux, dans son logement du boulevard Voltaire. Elle gagnait bien sa vie ; elle en profitait. Elle couvrait ses petites proies de cadeaux.

Sa vie professionnelle eût pu se dérouler ainsi pendant des années. L'arrivée de Victor, nouveau directeur adjoint de la société, en décida autrement. La première fois qu'ils se croisèrent dans un couloir, elle comprit à qui elle avait affaire. Il lui lança un regard d'une puissance de vice rarement égalé ; on eût dit qu'il marchait en pleins phares. La jeune femme n'en fut pas pour autant éblouie ; au contraire, il la dégoûta d'emblée. C'était un brun coiffé en arrière, très sûr de lui, portant gourmette à son prénom et chaîne en or sur poitrail velu et frisotté. De plus, il laissait traîner derrière lui une abominable odeur d'eau de toilette au muguet qui lui procurait la nausée. Malgré son beau tempérament et une indéniable expérience en matière affective, Mauricette baissa le regard. Le mâle dominant prit cela pour une victoire récoltée par son charme détonant. Il poursuivit son chemin dans le couloir, suivi du tintinnabulement triomphant des clochettes de muguet.

« Quel homme désagréable ! », songea la jeune femme qui, pourtant, n'était ni prude ni bêcheuse ; au contraire, elle appréciait qu'on la draguât ouvertement, qu'on lui fît des propositions – ce qui s'avérait souvent le cas, du fait de son physique avantageux. Mais là, non, ça ne passait pas. Non pas que le directeur adjoint eût été répugnant ou d'une repoussante laideur. Tant s'en faut : ce trentenaire élégant était ce qu'il est convenu d'appeler « un bel homme ». Malgré cela, d'emblée, il la dégoûta. Était-ce son assurance, sa concupiscence trop affirmée, cette vanité grasse qui suintait de chaque pore de sa peau brunie par les rayons ultraviolets ?

Dès le lendemain, excipant un prétexte fallacieux, il vint la voir à son bureau.

— On m'a dit le plus grand bien de vous, Mauricette, sur votre travail, s'entend... dit-il d'une voix grave, piquetée de vilaines mucosités vulgaires et glaireuses comme celles de certains fumeurs de Balto au sortir de la Deuxième Guerre, fumeurs qui regardaient trop de mauvais westerns. J'aurai pour vous une mission délicate, passionnante et qui ne pourra que favoriser votre carrière.

Mauricette n'osait plus le regarder dans les yeux.

— Et de quoi s'agira-t-il? osa-t-elle d'une voix blanche.

— Passez à mon bureau; je vous expliquerai ça.

Et sans même attendre la réponse, il tourna les talons et quitta la pièce en roulant des épaules. Elle n'avait pas le choix; un quart d'heure plus tard, elle se trouvait devant un Victor, radieux, sourire émaillé. Et toujours, cette pestilentielle odeur de muguet.

Il lui expliqua qu'il souhaitait qu'elle le seconde dans une mission de réorganisation des services qui devait durer trois mois. Cela impliquait, bien sûr, un rapprochement; elle travaillerait à ses côtés. Encore une fois, elle n'avait pas le choix. Trois jours plus tard, il commença à lui faire des compliments sur son physique, sur la rousseur de ses cheveux, « de feu », précisa-t-il pour faire comprendre qu'il n'était pas qu'un froid gestionnaire, mais aussi poète à ses heures. Le quatrième jour, il exigea qu'ils se tutoyassent ; le cinquième, il l'invita à dîner, « dans un grand restaurant gastronomique de Paris ; tu ne le regretteras pas, tu vas voir... », fit-il d'une voix grasseyante et visqueuse. Elle comprit où il voulait en venir et refusa tout net. Le cador pâlit, ravala sa salive. Ce premier échec le mettait mal à l'aise. Il ne le supporta pas. Dès la semaine suivante, un matin, il tenta de l'embrasser de force. C'était la fin du mois d'août ; il faisait lourd. Elle sentit sa transpiration velue et son haleine douteuse de buveur de whisky japonais. Ses tentatives se renouvelèrent chaque jour ; à chaque fois, elle les repoussait. Elle songea à avertir la déléguée syndicale, une ancienne du MLF qui n'eût fait qu'une bouchée du couillu moyenâgeux. Elle ne le fit pas, craignit de perdre son emploi et d'être contrainte de quitter son quartier, ses amis. Heureusement, arrivèrent les vacances. Une collègue, originaire de la Drôme, lui fit savoir qu'un viticulteur recherchait des vendangeurs. Elle postula et prit le train en direction du pays Diois, bien décidée à noyer ses soucis et oublier l'odieux Victor dans la célèbre clairette.

VIII

La tempête s'apaise; Brian reprend confiance. Il accélère. Soudain, un éclair s'abat sur un hêtre haut qui, foudroyé comme un soldat sous la mitraille, vacille. Tonnerre assourdissant. Il est contraint de ralentir, et finit par s'arrêter sous un abribus. Il touche le carter sur lequel est inscrit en lettres joyeuses et italiques *Mobylette*; il est bouillant. Il contemple la nature trempée, imbibée, ces courtes pâtures qui ne sont plus que mares, ces vignes qui figurent des fantassins qui peinent sous le déluge avant de monter au front; au loin, il aperçoit trois vaches rousses qui courent sans but comme si on leur avait coupé la tête, affolées par les grondements du tonnerre. Il caresse à nouveau le carter de la belle bleue; il se refroidit légèrement.

Son esprit vagabonde. Il se revoit à bord d'une DS pourrie, aux bas de caisse rouillés que leur copain Jean-Pierre Presse, un bassiste, multi-instrumentiste, fou de jazz et de rock, avait achetée à un vieux routard qui revenait de Yougoslavie. Jean-Pierre conduisait; Brian se trouvait à ses côtés. Derrière: Marc Odysse et Baron. Ils roulaient sur la nationale 44, en direction de La Fère. Une matinée de juin 1973 particulièrement ensoleillée. Comme ils ne possédaient plus un rond, ils décidèrent de travailler en usine. Jean-Pierre Presse possédait du bagout et le bras long, disait-on, grâce aux contacts – auprès des élus et des décideurs locaux – qu'il nouait à la faveur des bals, nombreux, qu'il animait dans toute la région; ce fut donc lui qui eut vent que les Aciéries et Laminoirs de Beautor (ALB), près de La Fère, recrutaient à tour de bras. Ils postulèrent tous les quatre et furent embauchés comme balayeurs. Leur mission? Nettoyer les plaques d'acier. Ils se rendaient à l'usine d'humeur joyeuse. Savaient-ils ce qui les attendait? Car ces quatre-là, loin d'être des manuels, se révélaient jusqu'ici comme des artistes, des musiciens, des littéraires, des voyageurs épris de liberté, souvent en butte à la société et à l'ordre bourgeois. Des anarchistes dilettantes qui, en aucun cas, n'envisageaient d'embrasser la vie tranquille et salariale de leurs parents, héritiers des Trente Glorieuses.

Marc rêvassait en contemplant la blondeur féminine des champs de blé et d'escourgeon ; Baron sortit sa flûte traversière et interpréta un thème d'Ian Anderson, le leader et chanteur de Jethro Tull ; Jean-Pierre Presse ouvrit la vitre de la DS et expulsa au dehors la fumée de la gauloise verte qu'il venait d'allumer. Brian l'observait. Il se disait que leur conducteur était tout de même un sacré personnage. Un farfelu. Musicien génial à l'oreille absolue malgré le fait qu'il fût bien perché. On murmurait en ville qu'un soir de fête arrosée, il avait revêtu un uniforme de la *Wehrmacht* et ainsi déambulé devant des invités, médusés. (Rapidement, il les avait rassurés en leur rappelant qu'il n'avait aucune accointance avec l'Allemagne en général et surtout pas avec la putride idéologie nazie.) Sous son air bourru, avec ses gros yeux noirs riboulants, Jean-Pierre Presse ne pensait qu'à rire et qu'à provoquer. Un punk avant l'heure.

Ils arrivèrent à l'usine. Un contremaître, basané et athlétique comme un maître-nageur, les accueillit avec courtoisie, prit quelques notes à leur sujet pour l'administration, puis les conduisit à leurs postes de travail. Ils furent d'abord impressionnés par les gueules rougeoyantes et effrayantes des fours. Des dizaines d'ouvriers s'affairaient autour. « C'est donc ça, l'usine ? », se dit Brian. Pour lui, l'endroit n'était autre qu'une prison étouffante, une sorte de camp de travail. Il eut envie de se sauver à toutes jambes, de parcourir la campagne sur sa mobylette bleue, de recouvrer sa liberté, sa chère liberté. « Est-ce que c'est là, près des fours, que nous allons devoir travailler ? », s'inquiéta-t-il. Il se rasséréna quand le gentil *contremaître-nageur* les invita à poursuivre leur déambulation dans l'usine.

— C'est ici ! leur dit le chef, en indiquant des plaques d'acier qu'ils avaient pour mission de balayer, de nettoyer.

Ce qu'ils firent toute la matinée. Le travail, en lui-même, n'avait rien d'éreintant. Et puis, ils se trouvaient assez loin des fours effrayants. Mais l'atmosphère demeurait étouffante, et le travail peu gratifiant et routinier.

Le midi, à l'heure du casse-croûte, ils sympathisèrent avec l'un des ouvriers des fours, Daniel, dit Pépé, un ancien républicain espagnol porteur d'un béret, au regard doux et bienveillant. Il leur raconta sa vie, son frère jumeau tué lors de l'attaque de Teruel au cours de la guerre d'Espagne, les Pyrénées qu'il avait traversées à pied, puis le camp d'Argelès-sur-Mer. Et son arrivée dans l'Aisne, à Andelain, où il avait été embauché pour travailler dans les champs comme saisonnier. Il ne se plaignait pas, non. Brian le trouva touchant, fraternel, reconnaissant à l'endroit de la France qui les avait accueillis, sa famille et lui, même si, concédait-il, « il était dommage que le gouvernement socialiste du Front populaire n'ait pas vraiment aidé les républicains espagnols ».

— Si ça avait été le cas, Franco n'aurait peut-être pas gagné! lâcha-t-il, sans haine, un sourire tout juste perlé d'une bruine de regrets.

Quelques instants plus tard arriva un grand garçon, aux longs cheveux blond roux qui portait la housse d'une guitare à son épaule droite. D'emblée, Jean-Pierre Presse et Baron, musiciens, furent intrigués par l'intrus. Ils ne tardèrent pas à sympathiser. Il s'appelait Bernard Leclaire, mais tous ses collègues le surnommaient Nanard ; il travaillait comme chimiste au laboratoire de l'usine. Volubile, il leur raconta sa vie; son bac qu'il avait obtenu deux ans plus tôt en candidat libre.

— J'ai détesté le lycée et la foutue discipline! tonnait-il en croquant dans un sandwich aux rillettes. J'étais bon en maths et dans les matières scientifiques; j'ai eu de la chance de l'avoir... Je n'y croyais pas. Et aujourd'hui, je suis là. À l'usine...

Mais les deux passions de Nanard, c'étaient la musique et la pêche à la ligne. (Il pêchait souvent avec Rico, un accordéoniste dont il avait fait la connaissance dans un café.) Il leur confia qu'il jouait dans un groupe de Tergnier, nommé The Bad Guys.

— On joue du Cream, du Creedence, du Troggs et du Them. Notre chanteur, Patryck, adore Van Morrison. Il a un peu la voix d'Eric Burdon… Dans le groupe, je suis soliste ; je joue sur une Burns que m'a prêtée notre bassiste. Une Anglaise. Un beau modèle. Et je joue du bottleneck. Enfin, pas vraiment du bottleneck, disons que j'utilise le goulot d'une canette de bière pour reproduire l'effet slide guitare. Tu vois ce que je veux dire ?

Jean-Pierre Presse voyait très bien ; Baron, un peu moins, ce qui ne l'empêcha pas de sortir sa flûte de l'étui, et de lancer au guitariste :

— On fait un bœuf ?

Nanard ne se fit pas prier ; il sortit à son tour sa guitare acoustique, égrena cinq ou six accords de blues. Jean-Pierre Presse attrapa des petites cuillères qui se trouvaient sur la table du foyer-cantine ; il les utilisa un peu comme des castagnettes, ce qui produisait un effet percussif intéressant. Nanard commença par « Spoonful », un morceau de Cream. Baron tentait de suivre tant bien que mal ; on sentait bien qu'il n'était pas à l'aise et que le blues n'était pas sa musique préférée. Lui, ce qu'il aimait, c'était le free jazz, la bossa nova. Ce qui ne les gêna pas pour poursuivre leur concert improvisé. Les autres employés s'étaient approchés ; ils entouraient le trio. Brian, d'abord un peu à l'écart, se joignit à eux. (Secrètement, il regrettait de ne pas avoir appris à jouer d'un instrument, lui qui adorait la musique.) Tous tapaient dans les mains, hurlaient pour les encourager ou tentaient de chanter les mélodies. Ça faisait un raffut d'enfer. Soudain, une porte s'ouvrit brutalement. C'était un contremaître. Pas le gentil basané maître-nageur mais Jean Bouillon, un brutal, un teigneux, un ancien d'Algérie qui, disait-on, était revenu de la guerre complètement traumatisé par les séances de gégène auxquelles on l'avait contraint de participer.

— Qu'est-ce que c'est que ce bordel ? hurla-t-il. Vous vous croyez au souk ? Et vous deux, rangez-moi vos instruments de torture, sinon ça va barder ! continua-t-il à l'endroit de Nanard et de Baron.

— C'est un vrai con ! Un maboul ! Si je n'avais pas besoin de ce boulot, il y a longtemps que je lui aurais broyé la gueule, murmura Nanard à l'oreille de Baron.

— On va le dire au syndicat ! tenta Daniel, vieux communiste qui avait toujours adhéré à la CGT. Si on ne peut plus s'amuser pendant la pause, c'est la fin de tout !

— Toi, l'Espingouin, la ferme ! répliqua sèchement Jean Bouillon.

Daniel refréna sa colère. Sa révolte. Referma sa gamelle en fer blanc, celle qu'il possédait déjà en décembre 1937, lors de la bataille de Teruel. Lui non plus n'avait pas le choix : ce travail – avec lequel il faisait vivre sa famille –, il en avait besoin.

*

Le quatuor de jeunes balayeurs tint quatre jours à l'usine. Le dernier, ils décidèrent d'aller boire des verres dans un café de Beautor, près des ponts du canal et du chemin de fer. Il était 18 heures ; une douce lumière poudrée, cadeau de l'été triomphant, caressait la petite ville rouge, industrielle et ouvrière. Alors qu'ils remontaient la rue principale et commerçante, à bord de la DS pourrie, Jean-Pierre Presse s'écria :

— Matez sur la gauche : c'est Pierre Chaunier ! Il ne s'emmerde pas, le gaillard !

Tous regardèrent. Chaunier marchait tranquillement sur le trottoir ; de sa main droite, il tenait la main de Clara ; de la gauche, celle de Katia.

— Tu crois qu'il va les sauter toutes les deux ? Un vrai bouc ! rit Baron. Il va les sauter en même temps, peut-être… Il en serait bien capable !

Brian ne dit rien. Il observait les boucles brunes de Chaunier qui ondulaient dans la douceur du soir ; celles – d'un blond aux reflets roux – de Clara faisaient de même. Cette scène lui fit penser au film *More*, de Barbet Schroeder ; Klaus Grünberg eût pu être Chaunier, Mimsy Farmer Clara, et Louise Wink Katia. Cette dernière riait aux éclats. Il lui restait trois ou quatre ans à vivre ; Clara, elle, bénéficierait d'un sursis d'une quinzaine d'années.

Rico – qu'ils croisèrent au café près des ponts et avec qui ils vidèrent des douzaines de bières pression –, serait, une dizaine d'années plus tard, emporté par un cancer des poumons ; il devait avoir trente-cinq ans.

Des ombres, oui, des ombres qui riaient encore dans la douceur de cette fin d'après-midi des *seventies* quelque part en France…

H

Comment Victor s'y était-il pris pour trouver l'adresse et le nom du viticulteur chez qui Mauricette était partie faire les vendanges ? Dans la voiture, au côté de Sined, de plus en plus silencieux, elle se le demande encore.

« Quel abruti, mais quel abruti ! », sourit-elle en son for intérieur. « Un butor ! Un pauvre type… » Le sentiment de malaise se mêle à un sentiment de presque joie.

Il avait commencé par lui écrire, des lettres enflammées, délirantes, débordantes, dégoulinantes plutôt, de propos sexuels. Il vantait sa propre puissance, son extrême virilité qu'il entendait mettre à son service, « rien qu'au tien, rien que pour toi, ma déesse, *my honey baby*, ma petite poupée de miel » afin de lui faire découvrir l'extase. Elle choisit de ne pas répondre. Il envoya une deuxième lettre, puis une troisième ; elles étaient tout aussi passionnées et graveleuses. Il y parlait de la longueur de son vit, de sa capacité de faire l'amour un grand nombre de fois au cours d'une même nuit; de sa capacité aussi de se contrôler, de se retenir afin de prolonger l'acte.

Devant le silence de Mauricette, le directeur adjoint à gourmette dorée lui fit parvenir une quatrième lettre; dans celle-ci, il se montrait menaçant.

Écoute, c'est simple, jolie princesse, si tu persistes à ne pas me répondre, je débarque chez ton viticulteur de la Drôme, écrivait-il en substance.

Cette fois, elle prit peur. « Ce n'est pas seulement un gros dégueulasse; il est aussi complètement fou, se dit-elle. Il faut que je fasse quelque chose… »

Elle en parla donc à Robert, le propriétaire de vignes qui l'accueillait avec bienveillance. Tout de suite, elle avait eu confiance en ce haut sexagénaire, à la peau tannée et à la blanche crinière.

— J'ai quelque chose à vous dire, patron, l'interpella-t-elle, un matin de septembre, maussade et pluvieux.

— De quoi s'agit-il? Je vous écoute, Mauricette.

Il la regardait droit dans les yeux, troublé. Il sentait bien qu'il n'était pas insensible au sex-appeal de la toute jeune rousse à la peau d'abricot.

— Depuis qu'il est arrivé dans l'entreprise, il y a quelques mois, Victor, le nouveau directeur adjoint de ma boîte, me harcèle. Il m'a contrainte à travailler à ses côtés, dans son bureau ; il me colle ; il a voulu m'embrasser de force et m'a coincée contre son bureau. C'est un dingue ! Il me dégoûte ; il se croit tout permis.

— Pourquoi n'êtes-vous pas allée vous plaindre au directeur ?

— On se connaît à peine ; il n'est jamais là ; toujours en déplacements. Et puis, je suis presque certaine qu'il aurait pris parti pour son adjoint. C'est un homme à l'ancienne...

— Je vois. Alors pourquoi n'en avez-vous pas parlé au délégué syndical ?

Elle ravala sa salive ; on eût dit une petite fille prise en faute, obligée de s'expliquer devant son instituteur.

— J'ai bien failli, mais...

— Mais quoi ?

— Je craignais que ça ne se retourne contre moi ; qu'on me vire. Je n'ai que ce boulot pour payer mon loyer. Je me voyais déjà quitter mon quartier, mes bons copains. L'horreur !

— Je comprends.

— Et vous savez la meilleure ?

— Quoi ?

— Il m'a menacée de débouler ici, chez vous, car je ne réponds pas à ses lettres.

Robert éclata de rire. Un bon rire franc, limpide qui, tout de suite, rassura la petite.

— Qu'il vienne ; je saurai l'accueillir, pouffa encore Robert. Je vous demande seulement de me signaler la date de son arrivée ; il faut que je puisse être présent.

— Ce sera fait, patron ! J'espère seulement qu'il ne viendra pas à l'improviste.

— D'après ce que vous dites, ce n'est pas le genre ; il aurait trop peur de ne pas vous trouver.

Mauricette se sentait rassérénée ; elle avait envie de sauter au cou du viticulteur, de se lover au creux de ses larges épaules.

La cinquième lettre de Victor ne tarda pas à arriver ; il lui faisait savoir qu'il arriverait le week-end prochain, « le samedi à 11 heures précises, comme ça je pourrai t'inviter à déjeuner. Je suppose qu'il doit bien y avoir de charmantes et discrètes auberges dans ce pays pétillant. J'ai aussi un cadeau pour toi, ma jolie, ma nymphe, mon sphinge », écrivait-il, plus cinglé que jamais tout en tentant de la séduire en jouant au poète.

Malgré ses répugnants défauts, le Victor se révéla ponctuel. Le fameux samedi, à 11 heures pile, il descendit d'une BMW décapotable couleur écrasé de framboises (série 3 E30, la reine du salon de Francfort 1985 – il vouait une passion aux automobiles allemandes dont il admirait la puissance, la solidité, la force naturelle, la sécurité, et à l'Allemagne en particulier, pays qu'il appréciait pour son sens de l'ordre, de la discipline, de la propreté). Le temps avait viré au beau ; il faisait un soleil de laiton.

Il emprunta le chemin caillouteux bordé de roses trémières qui menait à la bastide de Robert. Il portait un polo de coton rose à l'effigie d'une marque américaine, des lunettes de soleil à verres rétroviseurs qui lui dissimulaient les yeux, des mocassins à glands en cuir brossé d'une couleur sang-de-bœuf qui tranchait avec son pantalon de lin bleu céleste. On eût dit un lion harnaché et déguisé, propulsé dans l'arène. Il portait avec beaucoup de difficultés un énorme bouquet de roses orange qui, selon la fleuriste, demeuraient le parangon du désir d'amour charnel.

Il frappa à la lourde porte de chêne brunie. Robert ouvrit.

— Monsieur ! C'est pour quoi ?

— Bonjour monsieur ! Mauricette m'attend ! répondit l'immonde tout de go.

— Ma nièce n'est pas là et ne semble pas vous attendre, fit savoir le vigneron sans ambages et sans douceur.

Victor recula légèrement ; il mesurait dix bons centimètres de moins que son interlocuteur.

— Je vous assure qu'elle m'attend ; j'en suis certain ! s'énerva le coq de bruyère en haussant le ton.

Il ôta ses lunettes de soleil et avança d'un pas comme s'il voulait en découdre, sa jambe droite franchissait ainsi le seuil de l'habitation.

— Bon, ça suffit maintenant ! Je suis chez moi ! Vous n'avez pas à y pénétrer. Ne m'obligez pas à me montrer plus persuasif ! tonna Robert.

Il fixait Victor avec des pupilles de sniper.

Cachée au fond du couloir, Mauricette tremblait légèrement en écoutant les propos de son patron (qui, en quelques secondes, s'était transformé en son oncle) ; elle apercevait ses épaules noueuses et tranquilles qui tendaient sa chemise de lin.

Victor recula, livide. Que lui passa-t-il soudain par la tête ? On ne le saura jamais.

— Laisse-moi passer, grand-père ! hurla-t-il, en exerçant une forte pression sur le sternum de Robert. Elle m'aime ; je le sais. Laisse-moi la voir, je te dis, vieux machin !

En une fraction de seconde, le viticulteur lui retourna le bras droit, lui fit une clé (comme il l'avait appris lors de son service militaire effectué à Mourmelon-le-Grand, dans la Marne), lui administra un coup de boule qui le mit à terre.

— Voilà ce qu'il te dit le vieux machin, mon petit gars ! Maintenant, tu te relèves comme un grand et tu dégages, et vite fait, s'il te plaît !

Victor se redressa péniblement. Il titubait ; il n'osait pas regarder son adversaire dans les yeux. Son front présentait une grosse tache rouge comme si on avait appliqué sur celui-ci une ventouse.

Il se mit à courir vers sa rutilante voiture décapotable allemande en vociférant.

— Je reviendrai ; je me vengerai, vieux pourri ! Je me vengerai ! Et j'enlèverai ta nièce car elle m'aime.

Le bouquet de roses orange traînait, lamentable, dans la chaude poussière du pas de la porte. Robert le ramassa ; il se retourna et l'offrit à la jeune femme.

— Un petit cadeau ! Des roses orange, tu connais le symbole ? lui demanda-t-il avec un calme qui eût pu impressionner.

— Je connais, oui…

Il la prit dans ses bras. Lorsqu'ils montèrent les escaliers de l'échelle de meunier qui menait à la chambre du sexagénaire, Mauricette ne tremblait plus. Rassurée et le cœur en amour. Elle se donna à lui avec une ferveur qui tenait autant du désir que de la reconnaissance. Lui ressentait l'étrange impression de retrouver ses trente ans.

*

Le directeur adjoint n'eut le temps ni de revenir dans la Drôme ni de se venger. Trois mois plus tard, il fut interpellé par la Brigade des mœurs pour tentative d'agression. Une jeune employée du service commercial qu'il avait tenté de violer avait porté plainte. D'autres victimes d'autres entreprises dans lesquelles il avait sévi s'étaient manifestées ; Victor avait été placé en détention provisoire en attendant son procès.

Mauricette décida de plaquer son travail de secrétaire de direction en banlieue. En janvier, ils décidèrent de se marier. Robert se demandait si tout cela n'allait pas un peu trop vite. Il se souvenait de son premier mariage ; le visage de son épouse, Jeanne, fraîche et si mignonne, avec ses yeux bleu paon et ses anglaises brunes qui dégoulinaient sur les tempes et qu'il avait toujours envie d'embrasser. Jeanne, sa femme bien-aimée, disparue dix ans plus tôt.

« Non, ça ne va pas trop vite, se réjouissait-il. Et qu'importe après tout car c'est si bon… »

Ils vécurent ainsi, fous amoureux, pendant plusieurs mois. Mauricette s'adonnait avec joie et compétence aux tâches administratives et comptables de l'entreprise viticole. Elle ne voyait qu'à travers lui ; il ne voyait qu'elle, rien qu'elle.

Aux vendanges, le regard de Mauricette croisa le regard d'un saisonnier, Giuseppe, dix-huit ans à peine, dont la braise des pupilles eût embrasé l'Italie entière. La belle succomba. Robert les retrouva enlacés, un soir, dans le foin d'une grange, nus et enfiévrés de désir.

Il ne dit rien ; il referma doucement la porte, songea un instant à décrocher de son clou le vieux fusil de chasse qui ne servait plus beaucoup depuis que le chien était mort, et à mettre fin à ses jours. Il réfléchit et s'abstint. « Elle est si belle, si jeune ; je n'ai aucun droit sur elle, si ce n'est celui de la laisser libre », soupira-t-il.

Le lendemain, il demanda à Giuseppe de quitter les lieux ; il ne fit aucune remontrance à sa jeune épouse. Elle comprit qu'elle pouvait faire ce qu'elle entendait de son corps. Et ne se priva pas de disposer de ce privilège.

« Suis-je vraiment une salope ? », se demandait-elle souvent quand elle quittait le lit d'un amant de passage qu'elle avait laissé fourbu sur la couche de leurs ébats. « Une salope ? Peut-être bien, oui... mais je sais, qu'à ma manière, celui que j'aime, c'est mon vieux Robert. » Elle remettait un peu d'ordre dans sa crinière de rousse, tentait de dissimuler les suçons que l'amant avait fait apparaître au creux de ses reins. Et la vie allait, tranquille, paisible, entre Vercors et Provence.

IX

« Putain de temps ! », pense Brian en réajustant son casque ruisselant. Soudain, devant lui, une sorte de petite rivière barre la route. Un abondant ruissellement dévale du flanc de la presque montagne. Il freine brusquement. Va-t-il parvenir à passer ? Il est passé. De justesse. « Ma belle Bleue est pleine de ressources », sourit-il. Il contemple le paysage qui, même noyé sous l'averse, développe un charme indéniable. Les tuiles des toits des maisons des villages, ocre gris, ravivées par l'humidité, prennent des teintes de rose pâle. Il pense à nouveau à la mini-rivière qu'il vient de traverser. « Heureusement que je n'ai pas trop picolé à la fête des vendanges ; sinon, je ne suis pas certain que je serais parvenu à passer… », songe-t-il, non sans une pointe de fierté.

Il s'était mis à boire dès qu'il n'eut plus assez d'argent pour acheter de la coke. Pourtant, l'alcool ne lui plaisait pas. Mais il fallait bien tenir le coup pendant les moments de déprime, quand la vie se faisait âpre, quand on se rendait compte que le temps passait trop vite. Et que la nostalgie des bons moments rongeait, lentement mais sûrement, la joie de vivre. L'allant, l'élan vital. Il se souvenait de Janis, une adorable petite Anglaise qui vivait en France et qu'il avait rencontrée à l'occasion d'une fête. Elle était très blonde, coiffée à la Stone ; ses yeux, d'un bleu très clair, l'avaient fasciné. Fascination réciproque. Janis ne résista pas à son allure, à sa voix grave, un peu rieuse. À sa culture, aussi, que jamais il n'étalait. En revanche, dès qu'on lui parlait de littérature, il se révélait intarissable, citait Blaise Cendrars, Henry de Monfreid, Henry Miller. Leur liaison dura quelques années. « Janis, disaient ses proches, est la seule femme qui ait réellement compté pour lui… » Leur séparation se fit dans la paix, sans heurts. Peut-être que Janis se lassait du tempérament bohème et aventurier de l'homme à la mobylette bleue.

Brian repensait aussi souvent à sa mère, morte de maladie à l'âge de quarante-huit ans. Cette mère qui savait le soutenir quand son père ne le comprenait plus, que les disputes éclataient. Lorsqu'il était à Paris, la coke et l'herbe lui permettaient de passer ces caps douloureux. Lorsqu'il ne put plus en acheter, faute d'argent, il se rabattit sur l'alcool qu'il se mit à consommer en grande quantité. De la bière surtout. Il se rendit compte qu'il sombrait. Il lui fallait agir. Il décida d'aller rejoindre sa petite sœur adorée, Claudette, dans la Drôme.

Claudette comprit tout de suite l'ampleur du problème; elle fit tout pour l'aider, l'hébergea chez elle. Rien n'y fit. Brian continua sa longue descente. Les menus travaux auxquels il s'adonnait lui permettaient, c'était vrai, d'entretenir son addiction: taille des vignes, vendanges, travaux de maçonnerie, etc. Brian avait toujours été sympathique, convivial; il refusait de juger l'autre, même lorsque ce dernier présentait ses faces les plus sombres. Tout cela favorisait le contact. Et les verres de contact finissent par rendre aveugle. Tout était prétexte à faire la fête. Et quand fête il n'y avait pas, il ne voyait aucune raison de ne pas se la faire, la fête: alors, il buvait seul.

Le manque d'argent ne fut pas la seule raison qui le fit abandonner la cocaïne. Il avait confié à sa sœur qu'à Saint-Quentin, il avait eu des ennuis avec des policiers. Ceux-ci l'avaient mis en garde: « La prochaine fois qu'on te pique avec de la dope sur toi, on t'envoie devant le juge d'instruction ! », lui avait dit un jeune inspecteur pas méchant pour deux ronds qui connaissait Brian de vue et qui semblait l'apprécier. La raison de cette affection singulière ? Le fait que le père du policier, ouvrier d'usine, possédât lui aussi une mobylette bleue. De plus, le jeune inspecteur s'était rendu compte, au cours de l'entretien au commissariat, qu'il était en face d'un brave homme, courageux, bienveillant, sensible et cultivé. Et que, comme lui, il était issu du peuple. D'où sa mansuétude.

En sortant de l'hôtel de police, Brian s'était promis de ne plus toucher à un gramme de coke. Il tint parole. Mais plongea dans les profondeurs de la bière. Parfois, il repensait à Clara qui lui avait parlé de son addiction à l'alcool au cours de son adolescence. C'était l'époque où elle sortait avec Pierre Chaunier. Elle devait avoir quinze ou seize ans ; Chaunier n'en affichait guère plus. Elle fréquentait en dilettante les cours d'une institution religieuse située dans la même rue que la maison de maître du père de Jean-Bernard, de Tigrou et de Daniel, médecin de profession. Pierre, lui, était élève du lycée d'État de la ville. C'était le début des années soixante-dix. Mai 68 laissait traîner dans l'air des odeurs de patchouli et d'herbes exotiques qu'on faisait pousser dans des pots de fleurs. Clara et Chaunier se rendaient dans toutes les fêtes qui, souvent, se déroulaient le jeudi, jour d'interruption des classes au cours de la semaine scolaire. Ils se retrouvaient chez Fanette, en tout début d'après-midi, buvaient plusieurs bières ; il n'était pas rare que Chaunier, dipsomane précoce, commandât deux ou trois pastis, pour se rafraîchir, disait-il, quand il faisait chaud. La jeune fille le regardait agiter ses boucles brunes qui le faisaient ressembler à Marc Bolan, le chanteur de T.Rex, groupe en vogue ces années-là. Secrètement, elle lui trouvait aussi un air de Jim Morrison. Elle l'aimait encore en ces époques d'apprentissage, admirait sa pugnacité, son courage de fils de prolétaire qui, lorsqu'il était moqué pour sa tignasse dans les bals populaires de sa ville ferroviaire, communiste et ouvrière, n'hésitait pas à se bagarrer, « à donner des coups de boule quand il le fallait », ricanait-il. Ces mœurs de sauvage lui paraissaient bien éloignées de celles qu'on avait inculquées à ses frères et à elle dans le cocon de la haute bourgeoisie provinciale qui demeurait son milieu familial. Sortir avec un *bad guy*, fils de cheminot, l'excitait ; c'était aussi pour elle une façon de renier ses origines protégées et argentées. Une façon de s'affranchir.

Qui, entre Pierre Chaunier et Clara, entraînait l'autre dans l'alcool ? Difficile à dire. Certainement l'un et l'autre. Ils adoraient sentir l'ivresse monter en eux, dans leurs jeunes têtes, dans leurs tendres corps. Il allumait ses Gitanes filtre ; elle ne fumait que des blondes, des Royale ou des Balto dont le parfum de la fumée imbibait ses boucles blond vénitien qui lui procuraient un charme fou.

Lorsqu'ils se sentaient assez ivres, ils se rendaient dans ce qui se nommait encore « des boums », ici chez le fils d'un gros assureur, là chez la fille d'un riche commerçant. Les tubes du moment s'égrenaient sur un vieux Teppaz ou sur une chaîne hi-fi : « My Sweet Lord » de George Harrison, « The Fool » de Gilbert Montagné, « Brown Sugar » des Rolling Stones, « Paranoid » de Black Sabbath, « Proud Mary » d'Ike & Tina Turner, « Imagine » de John Lennon, et tant d'autres. Toutes ces mélodies, tous ces riffs se mélangeaient pour former une sorte de pâte psychédélique qui leur faisait tourner la tête.

Chaunier commençait par danser avec sa belle. Puis, il l'invitait à monter à l'étage afin de trouver une chambre libre. Il n'était pas rare qu'il se munît d'une bouteille de scotch ou de vodka dont ils tétaient tour à tour le goulot comme l'eussent fait deux chatons. Alors,

Clara se déshabillait, montrait son long corps de presque rousse à Pierre ; il se jetait sur elle avec la maladresse de son âge. Il adorait son sexe, son odeur ; il s'en repaissait jusqu'à plus soif lui qui, pourtant, avait déjà tant bu. Il admirait ses petits seins et son grand corps de garçon manqué. Il la retournait, se perdait dans son cul pommelé de jeune fille. Elle poussait d'adorables cris de petite femelle saoule, ivre de douce douleur et de vodka à l'herbe de bison. Ainsi, ils se donnaient du plaisir jusqu'à fort tard dans la soirée.

Les lendemains, elle ne se souvenait plus de grand-chose. Un matin, elle attendit Pierre Chaunier à la porte de son lycée ; elle affichait un visage hâve, paraissait paniquée.

— La dernière fois, chez Bubuc, tu es certain que tu t'es bien retiré ? lui dit-elle, inquiète.

— Je ne sais plus ; j'étais totalement broyé. Je pense que oui…

— Tu es certain ?

— Non. Trop d'alcool.

— Je n'ai pas eu mes règles. J'ai peur d'être enceinte ; il ne manquerait plus que ça…

Chaunier, à son tour, devint pâle. Il alluma une Gitane filtre pour se donner une contenance.

— Effectivement, il ne manquerait plus que ça… Consulte un médecin ; il te fera un test.

— C'est trop tôt…

Elle l'embrassa tendrement sur les lèvres. Il la regarda partir vers le centre-ville. Son grand corps de garçon manqué ; son sac en bandoulière d'apprentie hippie ; son si joli cul haut perché.

Cinq jours plus tard, elle lui annonça qu'elle le quittait pour un autre garçon de trois ou quatre ans plus âgé qu'elle. Ses règles étaient revenues. Effondré, Chaunier se demandait, finalement, si c'était une bonne nouvelle.

*

Quelques années plus tard, elle partit à Paris où elle abandonna progressivement l'alcool au profit de la dope, la douce au début, puis la dure. L'héroïne. Qui, indirectement, finirait par la tuer une dizaine d'années plus tard. Elle n'avait pas trente-cinq ans. Morte du sida.

L'ombre de Clara resterait à tout jamais tapie tout au fond du cœur de Pierre Chaunier.

I

Mauricette contemple par la vitre de la voiture le paysage détrempé ; elle y trouve un certain charme. Parfois, un éclair roux déchire le ciel. Sined ne conduit que d'une main, toujours dans ses pensées. « Mais où est-il ? se dit-elle. Il a l'air si loin. »

Il sent qu'elle le contemple, le détaille, comprend que son silence commence à se faire lourd. Pour le rompre, il met la radio.

— Tiens, c'est marrant ! fait-il.

La chanson « May I ? », de Kevin Ayers, est programmée.

— Ah, oui ; ça, c'est vrai que c'est amusant.

Trois semaines plus tôt, ils avaient fait connaissance grâce au chanteur britannique. Mauricette était venue donner un coup de main à la cueillette du raisin. Elle s'était retrouvée au côté de Sined qui prenait des notes et des photographies pour son reportage à paraître. D'emblée, cet homme, avec sa drôle de trogne et ses yeux noirs et étrangement rapprochés, lui avait fait de l'effet. De plus, son statut de grand reporter de ce journal de qualité ajoutait à son aura.

Subitement, il l'avait photographiée ; il la trouvait jolie, à son goût. Il se méfiait cependant car il avait compris qu'elle était l'épouse du patron, Robert. Alors qu'il était en train de la shooter en plein travail, il s'était mis à siffloter « The Lady Rachel » avec une telle justesse et une telle puissance que la jeune femme avait, d'emblée, reconnu l'œuvre.

— Mais c'est du Kevin Ayers que vous sifflotez là, n'est-ce pas ?

Il avait cessé de la prendre en photo.

— Exact. Bravo ! Vous connaissez ce chanteur ? avait-il fait, tout sourire.

— « Lady Rachel », j'adore ! L'une de mes chansons préférées. Et Kevin Ayers est l'un de mes chanteurs préférés, peut-être même mon préféré. J'adore sa voix de baryton, sa blondeur d'ange, son hédonisme, son sens des mélodies… Tout, j'aime tout chez lui.

— Incroyable ! Quelle coïncidence ! C'est aussi mon chanteur préféré. Et de loin ! J'aurais tellement voulu l'interviewer…

Il avait posé son appareil photo contre un pied de vigne. Ses yeux brillaient d'une lueur nouvelle, passionnée, pétillante.

— Moi, je l'ai rencontré après un concert, au cirque d'Amiens ; je me souviens même de la date : le vendredi 10 avril 1992.

— Quelle chance !

Et elle s'était mise à lui raconter par le menu.

*

Elle avait appris grâce au calendrier des dates de concerts de la revue *Rock & Folk* que Kevin allait se produire au cirque. Son travail terminé, elle avait quitté Paris à bord de sa Citroën Axel, emprunté l'autoroute A1, était sortie au niveau de Roye ; elle était arrivée à Amiens, ville qu'elle ne connaissait pas, vers 19 h 30. Il ne lui fut pas très difficile de trouver le cirque municipal, les panneaux indicateurs, nombreux, l'y aidèrent. D'emblée, elle fut impressionnée par le bâtiment, magnifique, assez Art nouveau, inauguré par le maire, Frédéric Petit, et Jules Verne, alors vice-président de la commission des affaires culturelles. Elle admira aussi le style néo-classique de l'édifice, se mit à rêver : « Jules Verne en est partiellement à l'origine. Jules Verne que j'ai lu avec tant de passion quand j'étais petite… »

Mais en ce vendredi soir, ce n'était pas avec le créateur du *Tour du monde en quatre-vingts jours* qu'elle avait rendez-vous, mais bien avec celui de « Sweet Deceiver ». Elle en était tout émue. Elle gara sa voiture devant le cirque et se dirigea vers le centre-ville afin de s'y sustenter. À dire vrai, elle n'avait guère faim. Trop d'émotion. Place Gambetta, elle entra dans une brasserie, commanda une omelette-frites et une bière pression. Le concert était organisé dans le cadre du festival Luna Rock Circus ; elle savait que John Cale devait ouvrir le gig. Elle savait aussi qu'elle n'était pas fan du Cale. « Tant pis ! Je serai à l'heure. Trop peur de manquer Kevin Ayers ! », se dit-elle en réglant l'omelette et la bière. Elle remonta la rue de la République. Il était 21 h 10 quand elle arriva au cirque. John Cale avait déjà commencé. Elle écouta, apprécia certains morceaux, se sentit fascinée par l'animal-chanteur-musicien au profil de corbeau. Elle se trouvait tout près des barrières de sécurité ; elle sentait qu'on la regardait. C'est le moins qu'on puisse dire : un grand costaud la matait avec concupiscence. Il faut dire qu'elle était appétissante, Mauricette, du haut de ses quelque trente-deux ans ; avec sa rousseur, elle en imposait. Le type était en discussion avec un vigile.

Une idée lui vint. Séduire ce grand cochon, ami d'un membre du service de sécurité, pour tenter d'approcher le chanteur anglais. « Pas mal, pas mal… d'autant que j'ai l'impression que je ne le laisse pas insensible », sourit-elle. Sa bouche gourmande se plissa en une moue de fillette un peu perverse. Elle se mit à le fixer ; le gaillard ne demandait que ça. Il entama la conversation. Il se prénommait Julien, avait trente ans. Quand la belle lui fit part de son amour débordant à l'endroit du bassiste-chanteur de Soft Machine, il prétendit qu'il était en mesure, grâce à son copain vigile, de lui faire réaliser son rêve.

— Voir Kevin ? J'en rêve ! Je n'ose y croire.

— Il faut que tu y croies. Tu vas voir, ça va marcher.

Le voilà justement qui arrive sur scène, le Kevin, plus blond que jamais ; les traits légèrement tirés cependant. Mauricette n'en pouvait plus ; son plaisir était à son paroxysme. Il égrena les chansons de son dernier album, *Still Live With Guitar*, qui, après une traversée du désert à cause du punk et du post-punk à la fin des années soixante-dix et quatre-vingt, était censé marquer son retour sur le devant de la scène rock. Elle se laissa bercer par ses jolies chansons, mélodieuses toujours, imprégnées d'une pop acidulée et d'un folk-rock nerveux. Tout le répertoire était plus fruité et enivrant qu'un mojito; elle n'en perdait pas une goutte, tantôt sur la pointe des pieds, tantôt la tête renversée en arrière.

Julien continuait de la mater; il n'en pouvait plus. « Qu'est-ce qu'elle est mignonne! » Il se voyait déjà la prendre dans sa voiture, ou dans un chemin de traverse, ou dans un square. Elle sentait qu'il était au bord de l'extase. Elle décida d'attaquer.

— Tu es certain, Julien, que je vais pouvoir rencontrer Kevin Ayers? Le rencontrer même quelques minutes. Le voir de près, en chair et en os... Ton plan est-il réalisable? Je serais folle de joie...

Le camarade du vigile sauta sur l'occasion. (Il se souvenait qu'il y avait six mois à peine, il était parvenu à faire rencontrer MC Solaar à une vingtenaire latine et brune, et que cette dernière n'avait pas été ingrate. Il se dit que cela pourrait être la même chose avec Mauricette.)

— Je te le répète: rien de plus facile! Je vais en parler à mon copain du service d'ordre et te faire passer pour ma cousine. L'organisateur ne me le refusera pas; j'en suis certain.

— Génial ! Génial ! explosa-t-elle en lui sautant au cou.

« Ça commence à prendre forme… », se réjouit-il.

Ce dernier tint parole. Le concert se termina ; il l'entraîna par la main vers les loges. Personne ne fit obstacle à la venue de la jeune femme. De loin, elle aperçut Kevin, assis devant une bouteille de bourgueil. À ses côtés, une femme brune, avec des lunettes. En face de lui, un type de quarante ans environ, brun, cheveux courts, blouson de cuir noir, avec, posé devant lui, un magnétophone. (Devenu journaliste pour le quotidien régional, Pierre Chaunier s'était coupé les cheveux. Il ressemblait à un caporal-chef avec son nez busqué et ses yeux bleu métallique.) Mauricette et Julien se rapprochèrent. Kevin leur adressa un sourire fade ; il avait l'air las, contrarié. Pas en forme.

Juste derrière lui, une grande mangeoire qui contenait encore un peu de paille. « Certainement pour les chevaux du cirque », imagina-t-elle, amusée.

Elle écouta l'interview. Chaunier posait les questions dans un anglais approximatif ; Kevin répondait tantôt en français, tantôt dans sa langue natale. Des réponses brèves, laconiques, presque agacées. « Yeah ! No ! Yeah ! No !… »

Chaunier lui demanda s'il était parvenu à quitter l'île de Majorque. Ayers répondit qu'il espérait pouvoir le faire très prochainement mais qu'il éprouvait des difficultés à revendre sa maison. Il laissa entendre qu'il connaissait depuis plusieurs mois de graves soucis d'argent. (Julien confierait, un peu plus tard, à Mauricette qu'il préférait garder l'argent dévolu aux frais d'hôtels et dormir dans son camion. Il lui confierait également que s'il avait l'air contrarié, très contrarié, c'est qu'une heure plus tôt, juste après la balance, il s'était presque battu contre John Cale.)

— Une histoire de femme. Je n'ai pas trop compris lequel des deux avait piqué la compagne de l'autre, lâcha-t-il, énigmatique.

Mauricette n'en revenait pas. « Kevin, ce hippie doux, tranquille, si zen, en train de se bastonner contre le père Cale? Impossible... Impossible... Julien doit me raconter des conneries pour tenter de m'impressionner... »

L'interview se termina. Pierre Chaunier rangea son magnétophone; il avait l'air triste. Déçu peut-être?

Kevin s'approcha de Mauricette et de Julien.

— Que *pouis*-je pour vous, mademoiselle? dit-il avec le même délicieux accent à couper à la hache qu'il développe sur « Puis-je ? », la version française de sa chanson « May I ? ».

Mauricette rosit; ses taches de rousseur ressemblaient à de minuscules pépins dans la confiture de framboise.

— Bravo ! Bravo pour votre concert... bredouilla-t-elle en lui tendant un carnet.

Il attrapa le calepin en souriant.

— Serait-il possible d'avoir un autographe ?

— Of course !

Pour Mauricette, affectueusement, écrivit-il. En dessous de sa signature, il avait dessiné une banane.

Elle plaça le précieux document dans son sac à main; il s'y trouve toujours. Avant de la quitter, Kevin lui apposa un doux bisou sur la joue droite. Mauricette n'était pas loin de l'évanouissement.

Un quart d'heure plus tard, Julien l'attirait dans sa voiture. A priori, il ne lui plaisait guère. Il n'était pas laid pourtant; au contraire. Mais elle était honnête; elle voulait tenir sa parole. C'est à lui qu'elle devait le privilège d'avoir rencontré son chanteur préféré. Elle ne lui refuserait rien.

« Finalement, ce n'était pas si mal; c'était même bien, pensa-t-elle en sortant de la voiture. J'y ai même pris beaucoup de plaisir... »

*

— Géniale, ta rencontre ! Vraiment géniale ! s'enthousiasme Sined qui, cette fois, a posé ses deux mains sur le volant.

La pluie a redoublé d'intensité. Des trombes d'eau. L'eau ravine depuis les flancs des petites montagnes. Ce ne sont plus des rigoles ; on dirait des rivières, puissantes, impétueuses. Inquiétantes.

— Quel temps de merde ! lâche Sined en repensant à Brian qui doit souffrir sur sa mobylette bleue sous les éléments déchaînés.

Et il replonge dans ses pensées. « Justement, j'ai toujours trouvé que Brian ressemblait un peu à Kevin Ayers… se remémore-t-il. Mêmes cheveux longs et blonds, même charme, même aura, même sens inouï de la liberté, même hédonisme… »

Quelques mélodies du chanteur de l'école de Canterbury lui viennent à l'esprit. Il se revoit une nuit d'octobre, sombre et humide, chez Alain et Janine, le couple de bourgeois quinquagénaires qui avaient organisé un bœuf, dans leur belle maison de Roupy. L'air était vicié, pollué par les effluves de shit marocain et de tabac brun. Des bouteilles de vodka et de gin vides traînaient sur la moquette. Dans un coin du salon, assis en tailleur, Juan récitait des poèmes de sa composition. D'un seul coup, Pierre Chaunier s'était muni de sa guitare ; Bitume, de sa basse ; Tigrou s'était installé derrière sa batterie. Ils s'étaient mis à interpréter « Why Are We Sleeping ? », l'hymne de Kevin Ayers.

« C'était le bon temps ! C'était si bien… Saint-Quentin ; mes années lycéennes… »

Il rêve ; il rêve ; il est loin…

— Sined ! Fais gaffe ! Freine, bon Dieu ! Freine ! hurle Mauricette, terrorisée.

X

La pluie se fait moins drue. Néanmoins, Brian a l'impression que sa mobylette bleue déchire un rideau de brouillard, de bruine grasse. Il profite de la relative accalmie, accélère. Soudain, droit devant lui... la silhouette d'un animal. Qu'est-ce ? Un chien ? Un chat sauvage ? Un lynx ? Il ralentit, se rapproche. C'est un renard, un magnifique renard qui ne tarde pas à rejoindre le talus détrempé qui fait office de trottoir. Brian arrête son engin. Il se trouve à dix mètres à peine de l'animal qui ne fuit pas, arrêté lui aussi. Ils s'observent. D'un côté, l'homme grimpé sur une machine bruyante ; de l'autre, la bête, superbe, roux clair, joues et poitrail blancs, le regard aigu et noisette. Ils s'observent, oui. Et le renard ne s'enfuit toujours pas. Sent-il qu'il a en face de lui un être bienveillant, calme, non violent ? Ce n'est pas impossible. Que se passe-t-il juste en dessous des deux oreilles gris clair au liseré noir ? Que se passe-t-il dans la boîte crânienne du canidé ? Brian se le demande bien. Il regrette de ne pas avoir un appareil photographique dans l'une des sacoches de sa belle bleue. Il se dit que ce n'est pas grave. Il tente d'imprimer l'image de l'animal, boit chaque teinte, chaque courbure, s'abreuve de la forme parfaite du dos. C'est beau cette observation, cet instant suspendu, cette confrontation entre la vie sauvage, immémoriale, et ce bipède blond, aux cheveux longs qui dépassent du casque, ce bipède si récent, si moderne, pétri et poli par le progrès, les modes. La civilisation.

Deux ou trois glapissements, un dernier regard, le renard s'enfonce dans un fourré. Sensible, Brian se retient de pleurer, touché au plus profond de lui par cette rencontre hors du temps.

Il songe au groupe Genesis et à son quatrième album *Foxtrot*, sorti en octobre 1972. Était-ce son grand ami Marc Odysse qui le lui avait fait découvrir ? Ou bien était-ce Jean-Bernard ou son frère, le batteur Tigrou ? Il ne se souvient plus. Il se revoit, en tout cas, en train de placer le disque sur la platine de la chaîne hi-fi Akaï, dans l'appartement qu'ils louaient,

Marc et lui, rue de la Croix-Saint-Claude. Cette pochette intrigante avec cette créature à tête de renard habillée d'une robe vermillon debout sur un îlot; elle ignore le dauphin bondissant. Premier morceau, « Watcher of the Skies »; le rythme mitraillette insufflé par le batteur Phil Collins. Et cette mélodie géniale qui se brise comme une vague. Comme une voix.

— C'est superbe, c'est vrai... mais... avait annoncé Brian d'une voix blanche.

— Mais quoi? s'était étonné Marc.

— Tu ne trouves pas que, dans le genre, Procol Harum et Van der Graaf Generator ont déjà fait ça avant eux?

— C'est vrai, avait répondu Marc, laconique.

Il pensait que Brian se révélait, en toutes circonstances, surprenant. Sa présente analyse musicale en matière de mélodies, d'arrangements, de percussions folles s'avérait très pertinente. (Il pensait en particulier au batteur B.J. Wilson, du groupe de Gary Brooker, frappeur sublime, manière de Keith Moon du progressif, inventeur constant, novateur modeste car imbibé de vrai rock'n'roll et de rhythm'n'blues; pas une once de prétention dans son jeu, contrairement à certains autres drummers du rock progressif, démonstrateurs froids, techniciens sans âme;

B.J. Wilson, lui, convoquait le baroque, le *barock*, invitait à la transcendance ; à sa manière, il dépassait le rock pour s'égarer dans les tréfonds indicibles et si lointains de l'histoire de la musique ; de la musique universelle.) Il se demandait si elle émanait de lui-même, de sa longue écoute de ces groupes qui le fascinaient, ou si elle était née à la faveur de conversations qu'il entretenait avec Baron, le gourou musical de chez Fanette, avec Pierre Chaunier qui détenait une certaine culture musicale et littéraire, ou avec Jean-Pierre Presse, le multi-instrumentiste à l'oreille presque absolue. « Non, cette analyse ne peut venir que de lui », conclut Marc qui, secrètement, admirait son meilleur ami.

Il en était de même en matière littéraire. Brian adorait la poésie (Arthur Rimbaud, William Burroughs, Richard Brautigan, Allen Ginsberg et tous les poètes de la Beat Generation) et la littérature (Henry Miller, Lawrence Durrell). Tous des gens de lettres adeptes de la liberté absolue. Marc se souvenait d'une discussion passionnée que Brian avait entretenue avec Chaunier ; ce dernier lui avait confié son goût pour les romans de Jacques Perret et ceux de ce courant littéraire qui, à l'époque, avait mauvaise presse : les Hussards. L'homme à la mobylette bleue ne comprenait pas comment Chaunier, fils de cheminot, issu d'une ville ouvrière et rouge, excipant une nette sympathie pour le Parti communiste, pouvait apprécier les romans de Michel Déon, de Kléber Haedens et d'Antoine Blondin.

— La littérature avant toute chose ! Elle est au-dessus de tout, même – et surtout – au-dessus de la politique ! tonnait le bouclé en secouant sa crinière de Marc Bolan.

Tolérant, Brian se mit à lire, deux semaines plus tard, certains livres des Hussards et se rendit compte que cet animal de Chaunier n'avait pas tort. Et que l'*Adios* de Kléber Haedens demeurait un roman d'une infinie et poétique tendresse.

*

Il repense à tout ça, à tous ces instants, à toutes ces discussions engloutis par le siphon du temps qui passe. Il accélère, pressé de retrouver son modeste appartement situé dans ce village perdu dans le haut de ces petites montagnes douces comme le ventre d'une jeune chatte. « Je vais tenter de retrouver *Adios*, de Kléber Haedens, et je vais relire des passages… Et si je ne le retrouve pas, je relirai *L'été finit sous les tilleuls* ; je l'ai aperçu dans ma bibliothèque… »

— Putain ! hurle-t-il soudain. (Devant lui, ce n'est plus un ruisseau, une coulée d'eau qui barre la route ; c'est une mare, un étang.) Je ne vais pas passer !

Il a vu juste ; il chute lourdement au beau milieu de l'immense flaque. Plus de peur que de mal. Son casque a tout pris ; heureusement qu'il le portait. Il relève sa Belle bleue, retire son *sauveur* de sa tête, constate qu'il est totalement cabossé. Il se dit que c'eût pu être son crâne qui aurait pu se trouver dans cet état.

Il poursuit sa route à pied, en poussant sa mobylette. Le casque, attaché avec la sangle, pendouille le long de la poignée droite. Il ne sait pourquoi, la mélodie de la chanson « Broken Barricades » résonne dans sa tête.

Il entend un violent coup de frein derrière. Se retourne. Devant lui : le capot d'une Citroën Berlingo qui se rapproche, se rapproche… et le percute de plein fouet. Brian est éjecté à plusieurs mètres. Tué sur le coup.

— Merde ! Ce n'est pas vrai ! C'est Brian ! Le pauvre Brian ! J'ai renversé ce pauvre Brian ! hurle Sined Toredid en sortant de la voiture.

Il se penche sur le corps, s'approche de son nez et de sa bouche ; lui prend le pouls. Plus un souffle, plus un battement.

— Il est mort ! pleure-t-il en se redressant et en cherchant du réconfort dans les bras de Mauricette qui vient de descendre à son tour de l'automobile.

— J'ai tué Brian ! Tu te rends compte ! Je l'ai tué ! C'est affreux !... Je ne l'ai pas vu avec cette saleté de pluie...

Ils appellent la gendarmerie et les secours qui arrivent sur les lieux vingt minutes plus tard.

Le lendemain matin, Sined et Mauricette sont auditionnés par les gendarmes. Claudette, la petite sœur de Brian, se trouve là aussi. Elle est en pleurs mais reste calme, pondérée et sans haine.

Les gendarmes, humains, établissent une procédure modérée contre le journaliste ; ils estiment que la mort de ce garçon, qu'ils connaissaient peu mais qu'ils appréciaient déjà, le poursuivra toute sa vie. En accord avec Claudette, ils concluent qu'il n'est pas nécessaire d'en rajouter. Quelques mois plus tard, Sined Toredid écopa d'une amende et de trois mois de prison avec sursis. Une peine de principe. La vraie peine, elle, restait, lourde, incrustée tout au fond de son cœur.

*

Les obsèques de Brian se déroulèrent au temple protestant de Saint-Quentin. Outre les membres de sa famille, étaient présents tous ses amis et des personnes qui l'avaient côtoyé et apprécié. Marc Odysse se trouvait au premier rang, au côté de la famille du défunt. Rongé par le chagrin, il restait digne, retenait ses larmes. Il se souvenait de leur voyage en Afrique, de leurs pérégrinations en auto-stop sur les routes de France ou celles de Belgique. Il se revoyait en sa compagnie au *Gros Wallon*. Les silhouettes d'autres ombres passaient dans ses pensées : Denis Source, le colosse au physique de Jim Morrison ; Clara, adorable baba cool, longiligne, si élégante, si sensuelle ; Katia, avec ses jambes interminables et son charmant minois rehaussé par un sourire poivré et irrésistible, anéantie dans un accident de voiture survenu à Saint-Tropez ; Rico, l'accordéoniste prolétaire mélancolique emporté par un cancer ; Fabert, avec sa bonne tête de Philippe Léotard, tué par la même maladie. Des ombres fanées, déchiquetées, diluées dans la nuit infinie.

Tigrou et son frère Daniel, respectivement batteur et guitariste, s'étaient déplacés eux aussi. Dix mètres plus loin, Jean-Bernard, leur grand frère, perdu dans ses pensées, fixait les murs immaculés du temple recouverts d'un enduit blanc. La sobriété protestante. Il semblait hagard. Songeait-il à la pension de Seine-et-Marne, prison de son enfance au cours de laquelle il recherchait son père inaccessible et la reconnaissance de ce dernier ?

Baron et Jean-Pierre Presse discutaient à voix basse ; ils devaient évoquer ce chaud mois de juillet au cours duquel ils avaient travaillé, quatre jours en usine, aux Aciéries et Laminoirs de Beautor (ALB) comme balayeurs. Quatre jours, quatre petits jours qui leur avaient semblé interminables. Baron se remémorait la fameuse course à mobylettes bleues qui l'avait opposé à Brian. Lui aussi retenait ses larmes. Sined, lui, ne parvenait pas à contrôler son chagrin. Il se sentait coupable. Lui, le journaliste de gauche, le social-démocrate, écraser, certes involontairement, avec sa grosse voiture, un fils du peuple à cyclomoteur. Ce peuple qu'il aimait tant et qu'il croyait défendre dans ses articles engagés. Ce symbole le terrifiait ; il se sentait hors jeu, si peu légitime dans ses fonctions journalistiques et d'écrivain. En tout cas plus à sa place.

Jean-Marie Le Verguem, dit Juan, pleurait également. Il fermait les yeux ; de grosses larmes coulaient sur ses joues jusqu'aux commissures de ses lèvres épaisses.

Ce fut quand le pasteur commença à parler qu'on entendit, dehors, la pétarade du pot d'échappement d'un cyclomoteur. Tous se dirent que c'était le bruit de la mobylette bleue de Brian. Il passait devant le temple pour leur dire adieu avant de partir pour toujours au royaume des ombres.

Amiens,
février 2022-26 août 2022, 15 h 16.

Du même auteur

– *Cité Roosevelt*, nouvelles, Le Dilettante, 1993 (Prix du Livre de Picardie 1993) ; Mille et Une Nuits, 2004.

– *Couture et le secret de la barbichette*, biographie, La Vague Verte, 1994.

– *Le Phare des égarés*, nouvelles, La Bartavelle, 1994, Mille et Une Nuits, 2005.

– *Scooters*, nouvelles, Le Rocher, 1994. (Épuisé.)

– *Le Pêcheur de nuages*, roman, Le Dilettante, 1996 (Prix François-Sommer 1996) ; Syros, 2001 ; La Table Ronde, coll. « La petite vermillon », poche, 2007.

– *Des petits bals sans importance*, roman, Le Dilettante, 1997 ; Le Castor Astral, coll. « Millésimes », poche, 2006 (Prix des lecteurs de la Baie de Somme 2007).

– *La Promesse des navires*, roman, Flammarion, 1998.

– *Un léger désenchantement*, roman, Flammarion, 2000.

– *HLM*, nouvelles, Le Castor Astral, 2000 (Prix Populiste 2000).

– *Le Musicien des brumes*, nouvelle, Le Rocher, 2001.

– *Une bonté à contre-courant*, nouvelle, Viva, 2001.

– *Des porcs très célèbres*, contes (avec des photographies de Maxime Godard), Le Castor Astral, 2001.

– *Tendre Rock*, roman, Mille et Une Nuits, 2003.

– *Les Yeux gris*, roman, Mille et Une Nuits, 2006.

– *Lady B*, ode (livre-cd avec des chansons de Scieur Z) ; préface de Philippe Manœuvre ; postface de Christian Authier ; Le Castor Astral, 2007.

– *La Contrebasse de Guise*, nouvelle (avec des photographies d'Éric Larrayadieu), Diaphane-Les Imaginayres, 2007.

– *Autumn Square*, nouvelle, Le Rocher, 2008.

– *Petite Garce*, nouvelles, Le Castor Astral, 2009.

– *Veilleur de nuits*, nouvelles (avec des photographies de Franck Delautre), Martelle, 2009.

– *La Maison des girafes*, roman, Alphée, 2009.

– *Pour la Picardie*, pamphlet sentimental, Les Équateurs, 2009. Réédité sous le titre *Je suis picard mais je me soigne*, avec une préface de Philippe Tesson, un avant-propos de Jacques Darras, et un texte de Jean-Marie François, Héliopoles, 2023.

– *Des rires qui s'éteignent*, roman, Écriture, 2012.

– *Le Dernier Hiver de Victorine. Mort d'un quartier*, essai (avec Catherine Petit), éditions La Licorne, 2012.

– *Au fil de Creil*, nouvelles, Le Castor Astral, 2012.

– *Les Matins translucides*, roman, Écriture, 2013.

– *Les Boîtes*, nouvelle (avec des boîtes créées par Colette Deblé), Cadastre8Zéro, 2014.

– *L'Écharpe rouge*, théâtre ; préface de Jérôme Leroy ; Le Castor Astral, 2014.

– *Les Dessous chics, 2005-2010*, chroniques ; préface de Patrick Besson ; La Thébaïde, 2014.

– *Vingt-Quatre Heures pour convaincre une femme*, roman, Écriture, 2015 (Prix du Salon du Livre de la Ville de Creil 2015).

– *Roger Vailland*, essai, e-book ; Duetto-Nouvelles lectures, 2015.

– *Roger Vailland, drôle de vie et drôle de jeu*, essai, La Thébaïde, 2015.

– *Le Chemin des fugues*, roman, Le Rocher, 2017 (Prix des Hussards 2018).

– *La baie fait un somme*, nouvelles (avec des textes de Sylvie Payet et des photographies de Clément Foucard), Cadastre8Zéro, 2018.

– *Mise au vert*, roman, Le Rocher, 2019.

– *Mares & Jardins*, chroniques ; préface de Franck Maubert ; Les Soleils bleus, 2021.

– *Pourriture !*, théâtre ; chansons composées avec Scieur Z Les Soleils bleus, 2022.

– *Étouvie : village ou ghetto ?*, essai, La Licorne, 2023.

Achevé d'imprimer par
LABALLERY NOUVELLE IMPRIMERIE,
en avril 2023,
N° d'imprimeur : 303345
Dépôt légal : mai 2023

Imprimé en France